GOBOOKS
& SITAK
GROUP©

GOBOOKS & SITAK GROUP©

三日月書版

三日月書版

[author] mathia
[illust.]
三日月書版
請勿洞察
volume
five
[05]
Seek | No | Evil

SEEK
NO EVIL

[洞察即地獄]

Levan × Laird

Presented by matthia

SEEK NO EVIL

【contents】

VOLUME FIVE

eek No Evil
CLASSIFIED
INVESTIGATOR
FILE. 1
調查員檔案
萊爾德・凱茨
NAME | Laird Kites
AGE | 25
RACE | [redacted]
OCCUPATION | [redacted]
→ 靈媒大師

Seek No Evil
CLASSIFIED
INVESTIGATOR
FILE. 2
調查員檔案
列維·卡拉澤
NAME | Levan Kaladze
AGE | 30
RACE | 喬治亞裔 Georgian
OCCUPATION | 獵犬 Hound

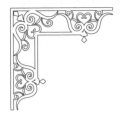

SEEK NO EVIL

CHAPTER THIRTY FIVE

【他會看見什麼】

列維抓起剛才坐過的椅子。萊爾德看出了他想幹什麼，連忙往後縮了一點，以免鏡子的碎片傷到自己。但他的擔心是多餘的。就在列維靠近牆上的鏡子時，下一個眨眼間，所謂的「鏡子」已經不見了。

其實這間書房裡本來就沒有鏡子。從剛才起一直被看成鏡子的，只是桌上置物架的正面。現在的書房才是它最初的樣子。

列維氣惱地丟掉椅子，在房間裡來回踱步。走了不知多少圈之後，他又去打開門，去相連的「另一間」書房繞了一圈。

兩間書房一模一樣，以房門相連，形成鏡像。剛才他們面對鏡子，背對房門，房間的出口在身後。而現在，即使他打開門，也只能進入另一個同樣的房間。他們困在了閉合的鏡像之中。

鏡像房間與這邊並不完全一致。家具相同，很多小擺設的位置卻不一樣，總體而言，鏡像房間更雜亂，更有被居住過的痕跡。鏡像一側的書桌上也有一本深綠色封面的書，也攤開在桌面上。列維翻看了幾頁，雖然鏡像房間裡的擺設左右顛倒，書卻還是原本的樣子，封面、標題、內容都沒有發生顛倒。

列維把書翻了幾頁，一開始沒發現什麼，多翻了一下之後，他發現了很多手寫的文字：

我很驚訝。不僅驚訝於有人能夠突破所有屏障，來到這裡，更驚訝於，來的人竟然是你們。是如此特殊的你們。

原本我想讓丹尼爾做這件事。現在你們來了，這樣更好。萊爾德，從前我是真心想把你送出去的。現在，我也願意把米莎和瑟西送出去。有越多的人穿梭於盲點之間，盲點兩端的世界就越為緊密。所以，我願意為很多很多迷失的人指路。只要他們還未羽化成功，就都還能找到回家的門。

我沒想到，你主動又回到了我面前。

列維，你也是。

你是我留在低層視野的錨。你應該回去。

我以學會導師的身分命令你，協助我，阻止柔伊犯下的錯誤，完成權限重置。完成任務後，我同樣會送你回去。你的使命還未結束。

列維捧著書不說話。萊爾德著急地探頭探腦，又沒辦法起身去看。

「怎麼了？你在看什麼？」萊爾德對著門叫道。

列維終於返回，把書丟給了他。萊爾德把寫有手寫字的部分翻看了一遍，喃喃著說：「但是現在萊爾德身上發生了什麼事呢？連我也不明白……她沒有指示過我……」

語氣和口音又變了。

列維瞥向萊爾德，「你又變成丹尼爾了。」

萊爾德無力地說：「都說多少遍了，這不是鬼附身。我就是萊爾德。唉，真的很難理解嗎？」

這次，列維沒有執著地要求丹尼爾「消失」，他問：「伊蓮娜原本想讓你做什麼？這裡寫著，『原本我想讓丹尼爾做這件事』。」

萊爾德說：「她受到柔伊的限制，在她還沒有被隔絕得這麼徹底的時候，她和他……和我……和丹尼爾還有聯繫，她當然是想讓我……讓丹尼爾找到她，來幫助她。」

「具體怎麼幫？」

「就是幫她離開啊。至於具體的手法，丹尼爾也得聽她的引導才能知道。」

說到這，萊爾德的語調又變回去了，變回了他一貫的樣子。列維面色凝重地看著他。他自己毫無察覺。

列維說：「她是不是已經離開了？在這之前，她故意花了點時間和我們溝通，這過程中她一定做了什麼。難道……只要把別人困在這裡代替她，她就能自由了？」

萊爾德捧著書想了想，「我覺得不對。如果真是這樣，她為什麼不利誘米莎和瑟西到這來？她應該能做到吧。但她不但沒有叫米莎來，反而還不准米莎上樓找她。再說了，從她表達出的部分來看，從前的她和柔伊都是自由的，似乎並不存在『必須把某個人關起來』的規則。」

「那她就是專門針對你了，」列維說，「她就是要把你困在這裡。這到底能起到什麼作用？」

萊爾德說：「也許可以引誘柔伊過來？」

「柔伊不是已經來過了嗎？她追了我們一路，還一直在門外徘徊……我能感覺到。現在她反而不在了。」

萊爾德說：「我認為，柔伊雖然試圖追擊你們，但她並沒有認出萊爾德。」

這個又是丹尼爾。現在丹尼爾和萊爾德切換得毫無徵兆。

列維問：「你為什麼這樣認為？」

「她發現有人在接近伊蓮娜，所以追了過來。以前我試圖幫助伊蓮娜的時候，也曾經這樣被柔伊敵對過。我能感覺到那種熟悉的情緒。」

萊爾德停頓了片刻，似乎在仔細回憶著什麼，再開口時，他又變回了他自己。

「至於她為什麼沒有認出我……我猜，是因為我已經二十五歲了吧。她知道現在是二〇一五年嗎？她的精神能理解這一點嗎……我覺得不能。你看，丹尼爾顯得挺正常的吧？能溝通，意識清醒……但他的時間觀念完全是一團漿糊。我很確定，我能感知到這一點。所以我覺得，柔伊不可能還保持著原來的神志。她認不出我，因為我是個成年人。」

列維說：「這麼一想，柔伊就是一直想要個小孩子？最早接觸米莎的是伊蓮娜，而抓住米莎的是柔伊。米莎自己是這樣說的。如果確實如此，柔伊就是一直在透過伊蓮娜看到米莎，於是漸漸地……就很想把這個小孩子拉到身邊？」

「也許吧，」萊爾德說，「而且米莎六歲左右，體積還小小的。當米莎逃開的時候，她看著一個小孩子遠去的背影，也許她會把這畫面和昔日的經歷重合起來。」

「她連男女都分不清了嗎？」

「你還記得我們這一路見過多少怪物嗎？你分得清它們的性別嗎？」萊爾德說，「如果柔伊也變成了那樣的東西……不，我認為她就是那樣的東西。她眼裡的世界，和我們見到的世界，應該會有很大的差別。」

聽到萊爾德的話，列維突然想到另一件事。剛才他們面對著伊蓮娜，伊蓮娜的模樣和照片上的她年齡一致。列維看過不只一張伊蓮娜的照片，萊爾德則只看過擺在卡拉澤家一樓的那張。不管是哪一張，照片的拍攝時間都比一九八五年要早。拿卡拉澤家一樓的照片來說，畫面上的伊蓮娜和丹尼爾都還是初入大學的年紀。在這個年紀，伊蓮娜還未開始研究破除盲點的算式陣，也還沒有在房子裡消失。

在現今的二〇一五年，如果伊蓮娜正常地生活著，她應該是個五六十歲的中年人。即使她保持著一九八五年時的年紀，也應該比照片上看起來要大一些。列維和萊爾德都不知道五六十歲的她會是什麼長相，甚至也沒有真正見過一九八五年的她。所以，他們看到的伊蓮娜也好，柔伊也好，肯定都不是她們真實的樣貌。

列維一邊想，一邊看著書桌，看著曾經出現「鏡子」的地方。

這一路經過的辛朋鎮、白霧、山丘小徑、河水、孤島、樓梯、這間書房裡的全部擺設……他們看到的這一切，顯然也都只是事物呈現在認知中的形象。

他們並不是真的在一棟房子裡，萊爾德也不是真的坐在沙發上。正如他們不是真的回到了一九八五年的辛朋鎮。

就在不久前，在第一崗哨裡，他們也曾有過類似的經驗。兩人遊走在無邊無際的圖書室裡，穿梭在一排排書架之間，但那並不是崗哨深處的真正模樣，只是呈現在他們的理解中的畫面。

之後不久，他們終於看到了崗哨深處真正的樣子。在此期間，他們兩人都不只一次服用了來自學會的藥物——神智層面感知拮抗作用劑。它讓他們順利地接受了一切所見所感。

現在，藥片已經消耗完了。如果再感知到精神完全無法承受的事物，他們就沒有辦法讓自己順利接受了。

列維看著書房裡的一切，有些恍惚地想著：實際上我正在看著的，到底是什麼景象呢？

兩人都半天沒說話。在列維沉思的時候，萊爾德也在想著差不多的事。

過了片刻，萊爾德緩緩說：「也許我們有辦法知道原因。」

「什麼意思？」列維問。

萊爾德說：「我們看著的全部都是假象。如果能看見真實的……至少是相對真實的外部環境，我就能知道自己為什麼動不了了。也許我還可以看到伊蓮娜和柔伊真正的樣子，看到她們隱瞞的一切……只要使用以前的那個辦法……」

列維聽懂了。他搖了搖頭，「我覺得不行。」

萊爾德說：「為什麼不行？前幾次都很成功，我每次都看到了真正需要看的東西。現在我感覺不到舊傷，丹尼爾肯定用卡帕拉法陣控制著我的感官。假如我撤銷這種遮罩，恢復之前的感覺，也許我就可以看見真正的外部環境了！如果這還不夠，你再試著對我用些別的手法……」

列維搖頭，「之前我動手都有分寸。那已經是極限了。」

「什麼極限？」

「假如你恢復了正常感覺，或者假如你回到原來的世界……能活下去的極限。」

萊爾德露出苦惱的表情，但這表情只持續了一秒，「你就別在意這個了。我們都到了這一步，能不能回去還重要嗎？」

列維抱臂而立，用探究的目光看著他，「我有點好奇，你究竟是單純地喜歡折磨自己，還是本來就想死？」

萊爾德因這個問題愣了一下。他沉思片刻，說：「我一直追查著關於『不協之門』的事情，你覺得是為什麼？」

「難道不是因為這是你接到的任務？」列維說，「當然不完全是任務。其中也有你的私人目的。」

萊爾德搖搖頭，「不是。」

「那是因為什麼？」

「因為我沒有別的事情可以做。我的生活，我的人生……在它們之中，我沒有別的事情可以做。」

聽到這話之後，列維一直盯著他，是那種毫無自覺的盯視。直到萊爾德有點尷尬地移開目光，列維才察覺到自己的視線。

聽見萊爾德那句話的時候，列維一時竟不知道他在說誰……是在說他自己，還是在說我？

萊爾德低頭看著自己的膝蓋，繼續說：「從十歲起，我就沒有再踏入普通學校一步。十五歲的時候，我終於離開了蓋拉湖精神病院，和外婆去了另一個州，另一個城市……然後進了另一家醫院。是的，我沒有恢復自由，沒有補上缺失的少年時代。我被特殊部門徵召，繼續配合研究，並且接受特殊教育。對他們來說，我是難得的培養目標，而我也非常樂於接受這一切。幾年後，我二十多歲，沒有朋友，沒有親密關係，沒有家，沒有個人目標，沒有對未來的期望……沒有正常人擁有的任何東西。我很想找到不協之門，想看看自己經歷過什麼。至於任務……是的，我確實很積極地到處探查，但我並不是對任何機構忠誠，我只是在為自己工作而已。」

他停下來，緩了口氣，說：「所以你也別覺得奇怪。我不怕痛，不怕受折磨。在這裡我不會死，而且我根本就不指望回到什麼『普通生活』。我本來就沒有這東西。」

列維點點頭，「我明白了。不過我想提出一點質疑。」

「什麼質疑？」

「『實習生』難道不算是你的朋友嗎？」

聽他突然提起實習生，萊爾德疑惑地皺了一下眉。

隨即他想到，剛才自己說了「沒有朋友，沒有親密關係，沒有家……」這麼一段話。

萊爾德苦笑，「他算我的朋友嗎？」

「以前你親口說算。」

以前……是什麼時候？

萊爾德思索了片刻，慢慢地，列維所指的那段記憶浮現了出來。

這段記憶沒有消失。只不過，在相當長的一段時間裡，萊爾德認為它並不重要，所以根本不會特意想起。從前他的記憶就像一排整齊的檔案櫃，有的抽屜上了鎖，有的抽屜經常被打開，有的抽屜貼了個「雜物」標籤，即使沒有上鎖，他也總是忽視，連打開來整理一下的想法都沒有。

現在不太一樣了，很多次奇異的經歷之後，他的「檔案櫃」被打碎了，所有檔案都直接暴露在空氣裡。它們雖然雜亂，但難以忽視，那些多年未見的經歷又展現在他面前。他可以隨時翻閱。

萊爾德知道列維說的是什麼。他熟練地在雜亂的記憶中找到了所需的文件。

那是某次打雪仗之後。既然有雪，應該是冬天，或許是耶誕節前後。

他們離開雪地，坐在長廊下。實習生望著雪後晴朗的天空，看得有些出神。小時候的萊爾德很不明白，為什麼有人可以這樣直視晴空？他的眼睛不痛嗎？他在看什麼？

萊爾德用樹枝撥著兩步之外的積雪，畫了個圈，再畫上簡單的經緯線。不知什麼時候，實習生回過了神，他伸出腳，在萊爾德畫出的圖案上抹了兩下。

「你在幹什麼？」萊爾德怒視著實習生。

「你畫的是什麼？」實習生問他。

「地球。」

「那就對了。我幫你加工了一下。」

「加工成什麼？」

「衛星雲圖。」

萊爾德愣了半天。被毀掉「畫作」令他在一瞬間無比氣惱，但是看到實習生一臉認真地說「衛星雲圖」時，他又忽然非常想大笑。這種矛盾的情緒撕扯了他好一陣子，真是名副其實的哭笑不得。

「你怎麼這麼幼稚……」最後，萊爾德故作嫌棄地瞪了實習生一眼。

「你特別愛說我幼稚，可能人總喜歡用自己的缺點指責別人。」

這只是一句隨口的反擊，誰知它真的引起了萊爾德的沉思。萊爾德沒有接話，而是安靜下來，手裡的樹枝輕輕點著地面，在長廊外的雪地上留下一個個小洞。

實習生剛想再說什麼，萊爾德忽然問：「其實……你也不用特意陪我玩。」

「怎麼突然這樣說？」

「你總是來陪我，大概是因為你的老師要求你這麼做吧？是為了更好地觀察我？還是什麼特殊照顧？」

實習生一笑，「我問你，半小時前我對你做了一件事，導致你發出慘叫，引起路過的護理師圍觀……還記得是什麼事嗎？」

「你把雪球塞進我衣服裡。」萊爾德現在還沒有完全原諒他。

「如果我是因為老師的命令而來陪你的，我肯定不會幹這種多餘的事。我是自己想這樣做而已。」

萊爾德微微鼓著臉頰說：「那現在呢。你沒別的事做嗎？」

「我工作不忙。而且其實今天是我的休息時間，難道要我白白閒著嗎？」

「既然是休息時間，你怎麼不離開醫院去找朋友玩？其實我知道的，像你們這種大一些的孩子並不喜歡和小孩玩，你們有自己的社交圈。我畢竟有病，沒辦法離開醫院，所以也沒有朋友……你不用同情我，這樣沒意思。」

實習生看著他，暫時沒說話，就只是沉默地看著他。萊爾德感覺到了視線，所以故意沒有抬頭，等他實在忍不下去了才抬起頭，接觸到實習生的視線。

萊爾德驚訝地發現，實習生的眼神有些暗淡——他不高興，又故意維持著平靜的表情。

他們目光再次接觸後，實習生才又開口：「其實，我們到底算不算朋友，這取決於你，而不是我。」

「為什麼……」萊爾德小聲問。

「就算我同情你，就算我是故意來陪你，就算這一切都是老師要求的……但只要我確實願意這樣做，那又有什麼關係呢？所以，我到底為什麼在這裡，原因並不重要。至於你，你那麼怕我們，又怎麼會願意把我當成『朋友』？就算我辯解，就算我拿出一百個證據，證明我不是僅僅出於同情，就算我的老師告訴你他沒有命令我這樣做……那也沒用。只要你不把我當朋友，我就永遠不會是你的朋友。我只是一個實習生，只是你害怕的對象之一而已，我在這陪你，恐怕會讓你更不自在吧，對嗎？」

萊爾德想插話，但一時不知該如何表達。實習生繼續說：「大一些的孩子不喜歡和小孩玩？也許吧，我不太瞭解。我不太會去想這些事。」

實習生沉默下來，又望向天空。萊爾德不只一次看到他這種眼神，平靜，空洞，但又區別於大人們的沉思。

萊爾德想了想，挪動雙腳，屁股在座椅上蹭著移動，往實習生那邊靠近了些。

「抱歉，」萊爾德小聲說，「我不該那樣說。現在我發現了，我只是因為耶誕節也沒辦法回家，所以有點煩躁。我是在拿你發脾氣。」

「我沒有生氣。」實習生抬起手。萊爾德以為他又要拍自己的腦袋，但這次沒有，他的手落在肩膀上，還用力按了按，就像對待同齡的人一樣。

萊爾德說：「對我來說……你當然是我的朋友，真的是。從前上學的時候，其實學校裡沒什麼人理我，我休學之後，當然就沒有人來看我……今年耶誕節我也不回家……爸爸說這是醫生的建議，他就聽醫生的了……」說著說著，他有點鼻酸，聲音有點發抖，「真要說起來，你是我唯一的朋友了……可是……」

萊爾德想說：可是，早晚你也會離開的。要嘛你先離開醫院，要嘛我先出院回家，雖然這樣也很好……但之後呢？我們真的能夠再取得聯繫嗎？你連名字都不能說，我也同樣對你有所隱瞞。

我不能告訴你，我曾經在你身上看到過惡夢般的景象；而你肯定也沒有告訴我，在你眼中重要的究竟是我，還是我經歷過的祕密……

當年，萊爾德自始至終也沒能說出這些話。他無法把此類疑惑組成流暢的語句，更是不敢將它們宣之於口。

肩膀上的手離開了。只是短暫地離開了。下一秒，它落在萊爾德另一側的肩上。

實習生收攏手臂，攬著萊爾德的肩，把他拉近了些，讓他靠在自己身上。萊爾德的頭靠在實習生胸前，感覺到那隻手在輕拍自己的背部，一下一下，十分有規律，也十分僵硬，令人聯想起媽媽拍著小孩入睡的手法。

萊爾德忽然想到，剛才實習生長篇大論了半天，全都在指責「你沒把我當朋友」這一點……而現在，他卻一言不發，只是送來一個僵硬而笨拙的擁抱。萊爾德默默給自己「唯一的朋友」定下一條罪名：指責別人的時候無比流利，卻完全不擅長安慰別人。

現在想起來，當年的實習生在休息日也不離開醫院，真是合情合理。

列維・卡拉澤這個人真的沒什麼朋友。就像萊爾德一樣，他也沒有親密關係，沒有家。當年他應該也才十幾歲，那時的他又能好到哪去。他只有導師、教官，他不會有同齡朋友，也不會有私人興趣愛好。

但是他並不寂寞。他不需要同情。憑今天萊爾德對列維的瞭解，即使給他機會，讓他去過普通人的生活，他也肯定不會去的。

他還是更喜歡游離在人群之外。他和世間瑣事的連結，就是如此之淺。

而在這一點上，我也一樣。萊爾德對自己說。

我們與世間瑣事的連結，都是那麼淺，那麼鬆散。偏偏正因如此，現在的我們才會站在同一個地方，看著同樣的假象。

萊爾德聽到有人在叫自己的名字。

他想分出精力去回應，但好像辦不到……這感覺有點像被人從熟睡中喚醒，他能聽見有人在叫他，他似乎回答了，又似乎沒有，他根本沒有醒來。

漸漸地，聲音越來越遠，他又回到了夢境中。

他盯著面前的景象。那是一片蒼白的雪原，無邊無際，一直延伸到視野盡頭。空中晴朗無風，但天穹上卻沒有懸掛太陽。不知哪裡來的光映在雪地上，世界潔白得令人目眩。

他瞇著眼睛，看到遠處的地面上好像有什麼東西。

他走過去，看到雪地上被劃出了一道弧形，像是有人拖行什麼東西造成的痕跡。他沿著弧形走了一段時間，發現了更多交叉的線條。線條在他腦中逐漸組合成畫面，他驚訝地意識到，這是一個畫在雪地上的地球。

畫面很拙劣，只有不圓的外輪廓和幾條經緯線。靠近一側的經緯線上被塗抹了幾下，彷彿是衛星圖案上變幻的雲流。

不知什麼時候，萊爾德拿到了一支小樹枝。他撥著積雪，試圖把被塗抹掉的部分還原回來。把雪塗上去，補上去，把斷掉的經緯線再連接起來。

在他低著頭忙於此事的時候，天空的一隅裂開一條縫。

從這時開始，平靜湖水般的晴空上，逐漸浮現出一道道血色的疤痕。

「萊爾德！」

列維已經叫了他不知多少次，他毫無回應。

幾分鐘前，列維正在和他說話，萊爾德忽然沒有了動靜。這次他沒有昏倒，他睜著眼睛，眼珠在不停轉動，追蹤著這裡不存在的東西。無論對他說什麼，他似乎都完全聽不見。

「丹尼爾！」列維叫道，「滾出來！告訴我這又是怎麼回事！」

這當然沒用。萊爾德和丹尼爾告訴過他好多遍了，這不是鬼附身，不是一個人藏起來、另一個人出來這麼簡單。

列維一邊呼喚，一邊搧了萊爾德兩巴掌。萊爾德倒靠在沙發一側，仍然沒有恢復清醒。

他會看見什麼？

萊爾德倒在沙發上，睜著眼睛，嘴裡不停地默念著一些東西。列維把耳朵貼過去仔細聽，能聽到細碎、快速、連綿不斷的發音。其中夾雜著帶有拉丁語、印加語等風格的詞彙，只是發音風格近似，無法確定語義，還有一些是數學符號的學會內部造語念法，除此之外，大多數則是列維完全沒接觸過的陌生音節。

「丹尼爾？」列維不知應該怎麼做，甚至開始對著空氣喊話，「導師伊蓮娜？柔伊……萊爾德？」

他會看見什麼？

「有誰能聽見嗎？萊爾德，你能聽見我說話嗎？」列維捧著萊爾德的頭，試圖讓兩人的目光接觸，「如果能聽見，給我個提示？你怎麼了？這和以前不一樣，以前你是抓著胸口昏倒，現在這到底是……聽著，你不要啟動那個法陣！我覺得這不是好事……」

卡帕拉法陣的全面啟動肯定不是好事。至少對萊爾德本人來說，肯定不是好事。大概當年留下它的人也這麼覺得，否則，她們何必要把它設置為預設禁用狀態。

有時候，萊爾德察覺到的東西會與法陣的禁用狀態產生衝突。這會讓他很難受，導致他最終昏倒。醒來之後，他會丟失掉昏倒前察覺的資訊，於是他就可以繼續處於相對平穩的狀態。

萊爾德不懂如何使用法陣，但學會的導師知道。丹尼爾知道，峽谷裡的灰色獵人恐怕也知道……第一崗哨深處的書本們也都知道。

它們都與萊爾德深刻地接觸過，萊爾德和從前不一樣了，他的靈魂中已經摻雜了太多別的東西。

列維想起來伊蓮娜之前說過的一個例子：你體內有各種器官，但如果你沒有接受過教育，你就不知道它們如何運轉，甚至不知道它們的名字，在這種情況下，它們依然在正常運轉。

那麼，如果這個人在不知不覺間，突然獲取了相關知識呢？如果他有相關知識，並且認為自己的安全與生命都不重要，他會對自己的身體做出什麼事？

他會看見什麼？

萊爾德的手按在胸前。列維發現後，立刻掰開他的手，按在沙發上。列維推測，應該已經來不及阻止了，萊爾德已經在嘗試使用體內的卡帕拉法陣了。

他會看見什麼？

也許他說不出使用方法，也許他根本不知道自己在哪一刻啟用了它。但只要他產生了要用的念頭，就有可能在意識深處摸到開啟它的按鈕。

他會看見什麼？

帶著懷疑，列維解開萊爾德的衣領，把黑色長袍和襯衫的前襟向兩邊扯開。看到萊爾德的皮膚時，他倒吸一口涼氣。

萊爾德胸前浮現出一個算式陣。列維沒看過它，但能從大致風格認出它是導師們的技藝。算式陣的中心是個不斷變換的字元，它浮現在胸骨中心的位置上，隨著心跳節奏一亮一滅。以它為中心點，各種線條、字元和算式不斷明滅著，形成一道道藏在皮膚之下的傷口。

是那種很奇特的傷口……從皮膚下面、肌肉下面，從胸腔的那一側開始割破血肉，而不劃開表皮，如此造成的傷口。

他會看見什麼？

列維伸出手，去擋住了萊爾德的眼睛。忽然他轉念一想，或許不應該這樣。或許我應該逃走。至少……應該站到萊爾德看不見的角度去。

他會看見什麼？

列維後退了幾步，退到門口，又返回來，試圖推拉萊爾德坐著的沙發。他沒能把沙發推倒。明明這張單人沙發一點也不重，之前萊爾德還移動過它。

他會看見什麼？

列維去沙發後面試了試，似乎把沙發向前推動了一點點，又似乎沒有。他意識到，並不是沙發重，也不是自己沒有力氣，其實沙發動了，他也動了，牆壁也動了，書桌也動了，房子也動了。

列維再一次試著叫醒萊爾德，沒有成功。

他不停地猶豫著。我應該躲進門後面，還是應該留在這？如果留在這，我又應該做什麼才是對的？

他會看見什麼？

他會看到周圍是什麼樣子？他會看到我是什麼樣子？

列維在書房裡走了幾圈，打開所有能開的抽屜和櫃門，試圖找點用得上的東西。其實他也不知道什麼是「用得上的東西」。最後，他煩躁地把桌上的書掃到地上。就在書本離開桌面的一瞬間，列維感覺到房間的地板出現了輕微震動。震動只維持了一秒左右。

列維又一次試著喚醒萊爾德。他回憶起在蓋拉湖精神病院的日子，那時萊爾德是病人，也是實驗對象。當年如果萊爾德昏睡了，我們是怎麼喚醒他的？

對比了昏迷狀態的體徵之後，列維恍然大悟，現在萊爾德根本沒有失去意識，他是醒著的。既然沒有睡，那又談何「喚醒」？

他會看見什麼？

萊爾德的眼球快速移動著。這種動眼速度在日常生活中很難看到，根本沒有人會這樣看東西。

他會看見什麼？

萊爾德的臉色越來越蒼白，五官呈現出一種極為不自然的表情，面部肌肉的動態與眼睛不協調，同時嘴巴還在不停開闔，念誦不明語言的聲音時常被抽氣聲打斷。

他會看見什麼？

睜眼狀態下，如果故意無規律地快速移動眼珠，人很快便會覺得難受，甚至出現眩暈噁心之類的症狀。萊爾德臉上有明顯的不適，只不過，伴隨著這種不適，他的眼睛仍然在快速移動。

列維觀察著他，不知道他的目光到底是在追蹤，還是在躲避。他是在緊緊盯著某些東西，不想移開視線？還是想不看某些東西，但無處可遁？

他為什麼不能閉上眼睛？他會看見什麼？

列維產生了奇怪的想法。他開始跟隨萊爾德的目光，去摸索他所看的地方。萊爾德的眼睛動得那麼快，列維有點不明白，為什麼自己竟然能跟得上。

萊爾德看著五斗櫃上方的牆角，萊爾德看著頂燈，萊爾德看著地板上木紋形成的眼形，萊爾德看著棕色皮質書脊，萊爾德看著右邊第一個抽屜……

列維打開抽屜，抽屜內部被粉白色的半透明薄膜覆蓋，下面有些東西在緩緩流動。它流向更深的地方，彷彿抽屜的深處不是空蕩蕩的櫃子，而是深不見底、遠無盡頭的暗渠。

然後是棕色皮質的書。它被拉出書架，黏連住了它兩旁的其他書籍，書本們被從牆上撕裂開。撕開它們的時候，手感就像撕開皮膚上的倒刺，揪住一小塊，不小心就剝掉了一大片皮膚，先是鬆弛堅硬的死皮，無論撕掉還是咬掉，都毫無痛苦，但它連著更新鮮的皮膚，下面是粉色的肉，書和牆的連接縫隙裡滲出了一絲血，皮膚上的倒刺掉在地上，書架整個歪倒在旁邊，中間是死皮，兩邊是柔軟的、不能再撕開的軟肉。

木地板有著不規律的紋路。正對著單人沙發的地方，正好有個眼睛形狀的斑紋。斑紋看著萊爾德的腳尖，在列維走過來的時候，斑紋閉上眼睛，移動到了牆下，爬上牆壁，爬到天花板上，列維伸手觸摸它，它瞬間分散為無數隻同樣的眼睛，在整座天花板以及四面牆壁上游走。

頂燈「啪嗒」一聲掉落在地上，陷入了軟泥般的地板。原本掛著頂燈的地方，露出一個圓形的洞口，洞口先是漆黑一片，然後外面傳來「砰」的一聲，鮮紅色的物體堵住了洞口，並且從圓形的邊緣溢出，就像變成了新的頂燈，懸掛在不斷震顫的房間裡。

還有五斗櫃上方的牆角。列維趴在牆壁上，接近三條線匯聚的地方，他的指尖觸到那一點，勾破了褪色的黃色壁紙，壁紙一條條地被剝開，一直剝到天花板中心的圓形附近，最終，壁紙的破口和圓形連接起來了，鮮紅色的物體從上方垂落下來，壁紙全部裂開，房間被它劈成了兩半。

周圍傳來了「吱吱沙沙」的聲音，是土石坍塌，家具碎裂，骨頭折斷。

房子碎裂崩解的過程中，列維擋在萊爾德面前，同時攔在萊爾德背後，他低頭看去，懷中的單人沙發上出現了一塊塊棕黑色的斑，類似金屬上才會有的鏽蝕。

當沙發的角度向前傾斜時，萊爾德的身體也向前撲去，列維接住了他，詭異的沙發仍然在他身後，用數根手指緊緊抓著他。

列維推了一下沙發靠背。靠背仍然在試圖黏住萊爾德，但現在它的力氣好像不夠。它的坐墊上出現鏽斑，這還只是一小部分，在沙發更下方，在連接著沙發底部的兩條白色肌腱上，鏽斑更加密集、更加嚴重，它們已經侵蝕了肌肉，肌肉斷開的地方出現一束束穗狀物，一開始是鮮紅色，然後以肉眼可見的速度枯萎、變黑。

列維和萊爾德並沒有下墜，而是橫向移動著，列維能夠感覺到，自己並不是受重力束縛，而是在洪流中被推擠。

他四下環顧，尋找書房的痕跡，書房已經徹底不見了，但他找到了之前走過的樓梯，就是那座長得要命、牆上有花朵形狀壁燈的樓梯間。

從外部看去，這座樓梯其實也沒有那麼長。它正在一伸一縮地蠕動著，從洪流中掙脫出去。

它的頂端融進天上的無數氣孔之一裡面，底部則連接著一座孤島。列維認出了那座孤島。之前他和萊爾德遊過一條河流，來到島上，進入了被切割下來的排屋的一部分。排屋裡住著米莎和瑟西，據說艾希莉也住在這。

現在米莎和瑟西也還在。她們在房間裡蜷縮著，沉睡著，薄膜包裹著她們，島嶼上生出的觸肢狀手臂保護著她們。伊蓮娜曾經說要送她們離開，列維很想看看這究竟該如何辦到。

在他觀察小島的時候，他也看見了艾希莉。艾希莉正在島外面的河水裡蠕動著，不斷流動的身體上泛著一層層震波，想必她也為此感到驚奇，正在好奇地欣賞這一刻。

與列維和萊爾德不同的是，艾希莉的行動非常自由，她不會被觸肢絆倒，也不會被斷斷續續的洪流推擠，她可以像小鳥般靈敏地向各個方向移動。大概她已經習慣了這裡的地形，或是她與它們已經融為一體。她只是其中的一個零件。

列維想過去和她說幾句話。他一手拖著萊爾德，其他手撥開面前的各種障礙。他好不容易才走到艾希莉附近，可艾希莉轉身就逃。她一路逃到天空上，在夜空中隨便找了一顆星星，從星星的亮光中鑽出去，徹底不見了。

列維想起來，以前也有過類似的經歷。他們曾經在一塊巨石附近與艾希莉相遇，那時艾希莉也非常排斥他。

剛才的那個艾希莉明明已經不一樣了……現在的她看起來非常正常。她不再長著奇怪的灰黑色手臂，也不再在兩個形態之間頻繁變換，更不會發出意義不明的笑聲。列維無奈地搖搖頭。他仍然不明白她為什麼這麼怕自己。

想到「怕」，列維猛然意識到一件事。從書房裂開開始，他一直在拖著、抱著萊爾德。萊爾德對肢體接觸極為排斥，甚至可以說是恐懼，如果現在萊爾德是清醒的，他肯定很不好受。

列維低頭看了看。在判斷萊爾德的狀態之前，他首先看到，萊爾德身上竟然還沾著一部分單人沙發。沙發已經被扯掉了，它的大部分都不在了，只有兩條肌肉還纏在萊爾德腰上，形態就像巨大的食指和拇指。

列維頓時感到自己的責任減輕了。如果萊爾德因為肢體接觸而難受，他可以推卸一下責任，「主要都是沙發幹的」。不過，他還是好心地剝掉了那兩根手指。它們勒得有點緊，萊爾德也許會難以呼吸。

在他清理萊爾德身上的東西時，萊爾德的眼球仍然動得很快，但口中不再念誦陌生的發音了。

列維查看他的胸口，皮膚內側的血痕還在，但比之前的顏色淺了很多，像是在緩緩恢復。這並不值得高興。因為，與此相對的，萊爾德身上的其他傷口都維持著原樣，並沒有恢復。列維很熟悉那些傷口，畢竟它們都是他弄出來的。

萊爾德的呼吸很急促，進出氣都非常淺。當列維把手指豎在他眼前，問他能不能看到這是幾的時候，他猛地扭開頭，脖子向後仰去。

他似乎用上了目前最大的力氣，進行極為微弱的掙扎。

列維用手墊在他後頸之下，控制住他，防止他看到什麼難以承受的東西。

畢竟列維也不知道他會看見什麼。

「我知道你不喜歡被人碰觸，但是沒辦法……忍耐一下，」列維說，「不知道你發現了沒，我們好像逃出來了。抓住你的那隻手斷開了。」

萊爾德的目光向下偏移，列維捂住了他的眼睛。「算了，別看了，其實那不是手……我只是口頭上說是手。」

這並沒有讓萊爾德平靜下來，正好相反，萊爾德掙扎得更厲害。他的喉嚨似乎無法正常說話，只能發出嘶啞而細小的聲音，那聲音顫抖著，帶著一股血腥味。列維認為萊爾德一定已經看見了什麼，所以才會有這麼激烈的反應。

萊爾德說不出完整的話，這樣也好。列維並不想聽他描述看見的東西。

無論卡帕拉法陣讓萊爾德看見了什麼，只要萊爾德不說出來，列維就不會跟著察覺到。列維一點也不想知道萊爾德看見了什麼。

在萊爾德破碎的聲音中，列維也能偶爾分辨出幾個單字。

「米莎……」他聽見萊爾德叫了那個小孩的名字。

列維望向孤島，「米莎沒事，別擔心。我正在觀察她的情況。」

他繼續望著米莎和瑟西所在的孤島。河水已經匯成深潭，孤島正在緩緩沉入潭底。列維正琢磨著這是怎麼一回事，這時，他聽見了伊蓮娜的聲音。

準確地說，也不是「聽見」，而是他感覺到了來自她的語言表達。這感覺對他來說也不陌生。在第一崗哨裡也差不多。

「我正在送她們出去。」伊蓮娜說完這句，停頓了相當長的時間。

列維試著進一步詢問，伊蓮娜卻傳來了帶著煩悶感的語言，「你怎麼……唉，算了。」

「什麼？」列維一頭霧水，「導師伊蓮娜，怎麼了？」

伊蓮娜暫時沒有回應他。她的主要注意力集中到了孤島上。她用修長的血管擁抱住薄膜裡的那對母女，把甜美的聲音傳達到她們腦中。

列維聽不見她說的話，只能看到薄膜從半透明逐漸變得渾濁，瑟西和米莎靜靜地蜷縮在裡面，就像是琥珀裡的小蟲。

等濃漿徹底遮蔽住她們之後，琥珀慢慢變小了。它與孤島一起墜入潭水的最深處，在接觸潭底的瞬間，它們瞬間消散，整個形體消失在深淵之下。

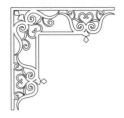

SEEK NO EVIL

CHAPTER THIRTY SIX

【畫框外】

「她們離開了嗎……」列維恍惚地看著這一切。這並不是在對伊蓮娜提問，更像是他在自言自語。

伊蓮娜的聲音再次響起，「獵犬，列維·卡拉澤，看著我。」

雖然她似乎表達了「看著我」的意思，但她並不在列維面前。列維面對的，不再是那個穿著連身裙的年輕女人，而是她的其他部分。聽她說話的時候，列維會產生一種視覺上的聯覺，覺得自己站在幽邃的森林深處，抬頭看著茂密枝葉間的點點光斑。

於是，列維憑直覺注視著那些光芒，這應該也符合伊蓮娜的要求。

「我已經大致完成了權限重置，」伊蓮娜堅定的語言傳達過來，「但還不夠。柔伊的瘋狂沒有完全被平息，我只是壓制了她，卻無法讓她永遠安靜下來。」

列維說：「她在哪？現在我並沒有看到柔伊。」

「你當然看不到。你能看見萊爾德身上的丹尼爾嗎？」伊蓮娜的語氣帶著笑意，列維敏感地察覺到，這彷彿是一種嘲笑。

列維說：「我不明白這種現象。如果可以的話，我很希望妳能為我解釋一下。」

「沒有必要，」伊蓮娜說，「導師不必對獵犬解釋言行。」

「但妳之前不是這樣。妳對我們說了那麼多話。」

「你已經知道我是故意那樣做的了。」

「我就是不明白妳為什麼『故意那樣做』！」列維有些著急，下意識地向著高處的光斑伸出手。人們在交談時總會有一些不自覺的肢體動作，比如靠近對方一步，比如把手搭在對方的手上。

當列維的指尖穿過其中一小塊光點時，那片光在瞬間爆發，四下變成一片純白。光照來自各個方向，強烈到令人睜不開眼，也分辨不出方向。列維連忙查看臂彎中的萊爾德，還好，萊爾德還在，而且也被強光刺得緊緊閉上了眼。

列維瞇著眼睛，隨便向一個方向摸索。他前進了好一段時間，走了不知多遠，周圍沒有任何有意義的東西，他越來越煩躁。

他大喊著伊蓮娜，甚至喊柔伊。光芒非常寂靜，他的聲音很快就被這寂靜吞噬了。他打了個冷顫。被吞噬的不僅是聲音，他發現自己的形體也在被光吞噬。他的腳，手，肩膀……他順著自己的肢體，看到被他捲在身邊的萊爾德，萊爾德的身體也正在融進光芒中。

萊爾德受傷的腿消失了，萊爾德的雙肩消失了，萊爾德左邊的腹部消失了，萊爾德的兩隻手先後消失了。列維自己的手也消失了，但已經消失的那幾隻手並沒有抓著萊爾德。

在意識消失前的一秒，列維才突然意識到，為什麼我有這麼多手？這是手嗎？為什麼我的手和他的不一樣？

恐懼只出現了一瞬間，還沒來得及從身體蔓延進靈魂。然後，他被白光完全吞噬了。

seek no evil

請勿洞察

雷雨交加的夜晚，驅魔人來到了辛朋鎮。

他隨便找了一家還亮著燈的房子，敲開門，向屋主出示一張紙條，上面是他想找的地址。

驅魔人做好了被無視、被驅趕、被辱罵的心理準備。畢竟不是每個人都能理解他做的事。出乎他意料的是，屋主竟然十分配合，不僅耐心地為他指明了位置，還友善地拍了拍他的肩，祝他一切順利。

「殺掉所有拓荒者。」他離開的時候，屋主對他祝福道。

驅魔人打開直傘，走入雨幕之中。在這麼大的雨裡，傘其實根本沒什麼用，他的褲子和黑色長袍都已經溼透了。

布料被冰冷的水浸透，貼在皮膚上，凍得他一陣陣發抖。特別是右腿，他的右腿膝蓋以下都快沒知覺了，不知是不是因為鞋子整個踩進了冷水坑裡。

現在應該是晚餐時間，因為雨太大了，連鎮上最繁華的地段也空無一人。驅魔人想去商店隨便買點東西當晚餐，他走進一家似乎在營業的店，想拿一份三明治，他說了好幾次，櫃檯深處的紅髮女孩卻一直不理睬他。

他疑惑地摘掉眼鏡，抹掉上面的水氣，再仔細觀察……原來那根本不是什麼女孩，而是櫃檯內部牆壁上的一幅畫。他認識畫上的女孩，她是個高中生，不是本地人，也不知道她現在人在哪裡，這裡又為什麼會有她的畫像。

畫是直接畫在牆上的，是小鎮的一部分。但那女孩原本不屬於這裡。驅魔人記得她的家鄉應該叫松鼠鎮。不知道現在她人在哪裡。

離開商店之後，驅魔人再次查看地圖，他距離目的地很近了，再拐個彎，穿過一條街，那棟坐落在小山丘上的房子就是他要去的地方。

當他站在小山丘下方時，在他身後，對面的街道上，每一棟房子都亮起了燈。一道道人影站在窗口，站在逆光的小格子裡，靜靜地把目光匯在他的身上。

他踏著雨中溼滑的石階，穿過草木茂密的小徑，來到了房子正門前。他猶豫了，沒有立刻敲門。

惡魔站在他背後，伸出一條手臂，越過驅魔人的肩膀，替他推開了門。

惡魔在他耳邊說話。不是那種帶有誘惑意味的低聲細語，而是焦慮、急不可耐的催促。

惡魔想走進房子，因為他的魔王在這裡。驅魔人也應該走進房子，因為邪惡就在這裡，魔王就在這裡。

驅魔人和惡魔踏入房子之後，門重重地關上了。薄薄的木門完全隔絕了雨幕的聲音，驅魔人和惡魔站在一片黑暗中，雷電和暴雨被驅逐到了遙不可及的世界。

惡魔在房子裡尋找魔王，驅魔人則在尋找受害者。

他們迷失在房子中的第七天，魔王從房子中最暗的影子裡走了出來。魔王的身上纏繞著白色的幽靈，原來魔王也會被鬼魂糾纏。驅魔人打開空空如也的工具箱，找不到任何能用的法器。

他們迷失在房子中的第十三天，白色幽靈離開了魔王。幽靈緊緊擁抱著驅魔人，魔王則從影子裡掙脫，逃出了房屋。

房子繼續被黑暗包圍，驅魔人沉睡在幽靈的懷中。魔王站在雷電下，站在辛朋鎮的大雨中，而白色幽靈只能蟄伏在漆黑的房子裡。

閃電擊中了屋頂，雨水淹沒了山丘。幽靈在震耳的雷鳴之中顫抖，卻不願離開房子一步。她緊緊擁抱著驅魔人。他曾經是敵人。他曾經是祭品。現在她終於認出了他——在更早之前，在她還未成為幽靈的時候，他曾經是她的光芒。

只要祭品還在幽靈懷裡，幽靈就永遠不會離開這棟房子，永遠不會再獲得自由。

洪水將房子淹沒，令它沉入萬鈞巨石之下。惡魔花了七天時間，徘徊在每一寸影子裡，點亮了屋裡的每一盞燈。

耀眼的強光刺入驅魔人的皮膚，令他睜開了沉重的眼皮。在如此強烈的光芒中，驅魔人與白色幽靈的身影都暫時消失了。

惡魔再次抓住了自己的友人，將他用尖刺固定在自己猙獰的脊背上，帶著他穿破了泥土，浮上了水面。

魔王嘉獎了惡魔，稱讚他的智慧與忠誠。她撫平水面上的波紋，平靜湖泊中映出了辛朋鎮的面貌。平和的小鎮迎來清晨，暴雨仍在繼續，人們撐著傘離開家，漫無目的地走在熟悉的路上。

魔王俯瞰著這一切，憂傷地懷念起了白色幽靈。

「她的顏色曾比我還要黑暗，但她在靈魂裡藏了一塊極小的光芒。那火焰如此微弱，卻從不熄滅，它從內部灼燒著她，令她逐漸忘記本來極為珍貴的黑暗，把她折磨得陷入瘋狂。」

魔王用觸肢撫摸惡魔的輪廓，親吻了他的每一顆眼睛。他是她在黑暗中創造的一件器具，是鑰匙，是拋向海底的鐵錨，是算式陣裡最不可少的一組數字，是能藏在影子裡、能登上夜空的長梯。

她告訴惡魔：「你的使命還未結束，你要回到世人中去。」

惡魔頷首領命，棘刺上還掛著驅魔人幾乎破碎的身體。

驅魔人聽到了他們的簌簌私語，他睜開雙眼，盯著惡魔與魔王低垂的所有眼睛。

他完全清醒過來了。

萊爾德握住從側腹穿出來的長刺，把自己一點點拔出來。他翻過一塊堅硬的不明物，跌落在黑紅相間的廣闊筋膜上。

他忽然想起很久以前的事……其實也不算久，可能就兩三年前吧，他上過一種課程，讓受訓者學會抵抗刑求，同時還要保持冷靜，保持頭腦明晰，防止被人誘導而洩密等等。

以往，只有特務課程裡才有此類訓練，他的職位原本是不需要學這個的。當時他所在的部門經歷了一次小變動，培訓方案有變，於是他和幾名其他部門的非涉密人員被調動到同一處，一起生活和受訓了一段時間。

那時萊爾德的表現震驚了所有人。他是崩潰得最嚴重的一個，但他什麼祕密都沒透露。

與其他學員不同的是，別人是用自己堅定的一面來面對挑戰，而他則放任恐懼，不加掩飾，崩潰得令人印象深刻，但完美地沒有透露任何祕密。因為，只有保留著基本神志的人才能「洩密」，而他在面對那些故意為之的壓力和痛苦時，他的精神潰散得像山洪一樣……別說透露事先接到的密令了，他甚至連自己叫什麼都說不出來。

培訓還未結束，他就在心理專家的建議下被單獨觀察。沒過多久，他又調回了原機構，不再參與之前的課程。

主管培訓的上司對他的評價並不好。他還記得，那人當著他的面，指著他，對他的主管說：「這已經不是結果是否合格的問題了，他是真的不對勁！你們真的要用這樣的人？」

但我就是很適合呀。萊爾德在心裡默默說。

在那段培訓中，其實他並沒有真正受到傷害。培訓者並不會真的去毆打學員，而是在專業人員的協助下，以安全但有效的醫學手段誘導痛苦，同時模擬偵訊過程，對學員施加壓力。

後來萊爾德想過，也許問題就是出在「醫學手段」上，他們剝奪了他一部分的清醒，方式和他接受過的意識探查有一些相似之處……也就是說，導致萊爾德崩潰的根本不是教官假扮的敵方，而是來自萊爾德自己記憶裡的東西。

別的學員都不會這樣，他們的意識都能留在當下。同樣的誘導手段，對萊爾德的效果和對其他人截然不同。他的個人檔案是保密的，教官不知道蓋拉湖精神病院的事，也不知道什麼是「不協之門現象疑似倖存者」。

那之後的很長一段時間裡，萊爾德沒有再經歷過那麼巨大的壓力。他偶爾自殘，偶爾要求別人打他，以便在痛苦中得到靈魂浮於事物之上的效果……這些對他來說都是尋常事，不至於引發出那麼強烈的驚恐。

直到他再次走進那扇門。

直到今天，他從混沌不明的夢中清醒過來。

他發現自己又經歷了一次意識崩潰，就像小時候他一次又一次經歷的那樣，就像偶爾在培訓中出現的意外情況一樣……今天這次更加嚴重，也更加清晰。

從前，即使他一度回憶起什麼，也會在卡帕拉法陣的影響下，在甦醒時瞬間忘掉；而現在不同，法陣恢復了啟用狀態，而且他也學會了如何操縱它。照理來說，應該是丹尼爾在操縱它。但他根本感覺不到丹尼爾，他覺得就是自己做的。

他仰面朝上，直視著面前的一切。

他沒辦法說出自己正在看著什麼。那是無法用任何已知詞語來描述的東西。

他握住從側腹穿出來的長刺，把自己慢慢拔出來。長刺在他身上留下一個孔洞，它只對穿了一部分薄薄的皮肉，沒有傷及內臟。流出來的血很少，甚至沒有滴落，只是在他的黑衣上默默暈開。

他從比人略高的高度跌落下來，手撐在像筋膜一樣的物質上。他說不出它到底是什麼，只是眼前這一小片，也許像是擴大無數倍的筋膜。

有某種黏膩的東西纏在了他的後腰上，用輕緩的力道把他往回拉。他想反抗，又確實沒力氣，他右腿膝蓋以下的骨頭全都碎掉了，他連站起來都辦不到。那股力氣把他拉到一個弧面旁邊。他沒有回頭看，所以不知道它具體是什麼，只能用後背感受出來，那是個弧面。

它再次抱住他。抱住他的每個觸感都不太一樣，有的是手，有的是他無法辨認的形體，有的是細小的刺，有的是細如髮絲的線，有的是長著骨質瘤狀物的觸肢，有的是流沙一樣的下陷平面……有些東西像人類的肢體一樣抱著他，有些東西鑽進他的傷口，甚至血管，有些從他的每一根髮絲之間穿過，包覆著他的頭部……

萊爾德回憶起了從前接受過的培訓。他曾以為那沒什麼用，現在他卻突然想試試看——

把你的意識和感覺分離開來。想像現在是冬天，你赤腳站在沙灘上。海水正在退潮。每一次你感覺到疼痛、屈辱、恐懼……甚至快感，那就是極為冰冷的海水在觸摸你的腳尖。

海浪每一次離開，都會再度返回，又一次吞沒你的雙腳。但是只要你堅持下去，你會看到它們逐漸遠去。

海水一波一波被推遠，你腳尖上的刺痛也隨著浪花走進了大海深處。你遠遠地看著它，既是看著遠方海面上的泡沫，也是在看著自己皮膚上的疼痛。

它隨著海浪一起被推遠了。而你一直看著它，一直看著它……你不會再感覺到刺骨寒冷，只能看到漆黑的海面。

就像是，你站在畫框之外看著一張油畫，上面是退潮時的海灘。

萊爾德故意閉上眼睛。為了保持記憶，保持清晰的意識，他沒有嘗試使用卡帕拉法陣。他只是看著自己的「海灘」，試著退出畫框。

海浪最後一次包裹他的雙腳。

他依舊閉著眼，卻能看見自己身在長廊裡，坐在張皮面長凳上，面前懸掛著一張油畫。

畫面上並不是海灘，而是他無法概括的某種事物。

列維．卡拉澤抱臂站在油畫下面，有點不耐煩地看著他。

奇怪的是，這不是現在的列維……他最後一次看到「列維」時，列維身上頗為狼狽，半長的頭髮也沒綁好，而眼前這個列維不是這樣。他的衣服十分整潔，像是還沒進入「不協之門」的時候，也有點像四年前他們剛見面的時候。那時列維在假扮地產仲介，穿得比後來斯文一些。

而且，這個列維看起來年輕了點，眉眼有些近似於那個十幾歲的實習生。萊爾德再仔細看，又覺得他也沒年輕到那個地步。他不像十幾歲，也不像三十歲，總之是叫人看不出具體的年紀。

「我突然想起來，」萊爾德抬頭問列維，「你之前好像帶了個背包，怎麼不見了？丟在哪了嗎？」

列維的表情有些呆滯，眼神遠不如萊爾德記憶裡的那個列維靈活。不過，他說起話來的語氣倒是沒變，「你怎麼突然想起它了……好像是，我確實帶了個背包。」

萊爾德問：「我的追蹤終端機呢？在包包裡嗎？」

「在我口袋裡。」列維說。

上一秒他似乎穿著地產仲介的衣服，當他去摸索那個儀器的時候，他卻從攝影背心的大口袋裡找到了它。從這一刻起，攝影背心和休閒長袖T恤取代了地產專員的套裝。

萊爾德伸手過去，列維把追蹤終端機還給他了。

萊爾德把它拿過來，熟練地滑開螢幕，在上面操作著什麼。

「你在幹什麼？」列維問。

「清空數據。」

「為什麼？」

萊爾德沒有回答，而是說：「你知道嗎？我無法殺掉所有拓荒者。因為，在這裡，我們根本沒辦法死掉。」

「你在說什麼……」列維朝他走近了一點。

「我們不會死，也不會回去，」萊爾德看著他，「列維，我們不能回去。」

「我們不能回去？」列維疑惑道，「為什麼？伊蓮娜有辦法，我們可以回去的。」

萊爾德搖搖頭，「我們不能讓她這樣做。沒能阻止她送瑟西和米莎回去，已經是一個很大的錯誤了。我們不能繼續錯下去。」

列維想了想，「我不明白你為什麼這樣想。不過你先說說看吧，你是知道了什麼嗎？」

萊爾德說：「有那麼一瞬間……真的就是很短的時間，我忽然非常清醒。在不丟失感知也不失去記憶的情況下仍然保持清醒，這可是我人生中極為罕見的時刻。正是因為這個時刻的出現，我忽然明白了……我明白什麼是『不可混淆』了，也明白那個灰色的獵人在怕些什麼了。」

列維靜靜看著他，等著他說下去。

萊爾德說：「一九八二年，伊蓮娜首次完成了主動破除盲點的算式陣，並啟動了它。她召喚了『不協之門』，然後走了進去。三年後，也就是一九八五年的時候，『不協之門』

在辛朋鎮大範圍出現。當時伊蓮娜並不在辛朋鎮，她在這裡……在門的這一邊。」

「按照現在我們知道的情況，確實如此。」列維說。

萊爾德說：「那麼，一九八五年的那些『門』，或者說那些盲點，又是怎麼出現的？它們不是偶發現象，而是大範圍地、密集地出現在同一片區域裡。伊蓮娜不在辛朋鎮，不在低層視野中，不在我們熟悉的那個世界上，那麼，這些盲點是怎麼出現的？是純屬偶然嗎？難道辛朋鎮的每個人都出現了破除盲點的能力？」

列維的表情凝滯了片刻。他低下頭，雙手慢慢握緊。

萊爾德說：「想想吧，除了居民失蹤以外，一九八五年的辛朋鎮還發生了一件很重大的事情。你知道那是什麼吧？」

列維抬頭看向他，「你是說……我的出生？」

說得更準確一些，應該是——他的「出現」。這個嬰兒不是在醫院出生，而是直接出現在卡拉澤家的二樓房間裡。沒人知道他醫學意義上的父親究竟是誰。

「你認為辛朋鎮發生的事和我有關？」列維問。

萊爾德說：「你是裝傻還是怎樣……當然和你有關了。你就是她拋過來的錨，你根本就是某種隱匿技藝的一部分。」

列維總覺得這句話怪怪的，不是內容怪，而是它被萊爾德說得很怪。他思考片刻，忽然明白了原因。剛才萊爾德念『錨』和『隱匿技藝』的時候，這兩個詞是用學會導師們的念法，因為在導師們的話語中，它們特指一些別的東西。除此之外，其他部分倒是萊爾德本來的語調。

萊爾德察覺到他的目光，問：「怎麼，是不是我的口音又變得像丹尼爾了？」

「其實沒有。」

萊爾德聳聳肩，「哦……反正這是他導致我知道的。一開始丹尼爾也不明白伊蓮娜的全部想法，這些也是他逐漸琢磨出來的。」

列維問：「你是說，直到現在他還在思考著嗎？」

「他當然在思考著，畢竟我也清醒著，思考著。他是我的一部分。」

列維說：「這和我們現在是否能回去又有什麼關係？」

萊爾德從長椅上站起來。現在他在「畫框」之外，所以他的腿沒事，能站起來。正如此時列維也看起來是人。

長廊上只有那一幅畫，正對它的牆壁上則是一片空白。萊爾德來到白牆下，舉起手，輕輕閉眼，憑記憶畫出由多個幾何形體嵌套成的圖案。基本構架完成後，他又在圖案上的多個位置加入了繁複的各類字元。他花了一段時間，白牆上布滿了暗紅色的圖案，它們看起來像是用血液畫成的，雖然此時萊爾德的身體上看不見血跡。

萊爾德轉回身，指著白牆上並列的兩個圖案，猛一看去，它們十分相似，但又有一些細小的差別。

「這是丹尼爾記憶中的算式陣，也就是一九八二年還原出來的版本。」萊爾德指向其中一個圖案。

列維發現萊爾德是閉著眼畫完它的。他問他為什麼閉著眼，以及為什麼閉著眼也能畫出這東西。萊爾德說，如果睜著眼，他反而會受到自己思緒的影響，會回憶不起來丹尼爾的知識。

「雖然我憑記憶把它們畫出來了，我們也用不了，」萊爾德說，「因為我們不在低層視野，它在這裡是無效的。大概就好比吹風機只能吹風，不能吸氣，工具不能反著用。」

列維說：「這個我知道。所以你畫它幹什麼？」

萊爾德指著旁邊的另一個算式陣，「別急嘛。你再看這個。它是一八二二年的首個『破除盲點算式陣』，當年它殘留在甲板上，只剩下很模糊的局部了。你們那個學會花了很多年才把它還原出來。對了，我們見過這位最初的研發者，這個東西就是我憑著他的記憶畫的。」

列維說：「是那個不知名的導師嗎？死在峽谷裡的那個，渾身是手的灰色獵人。」

「就是他，」萊爾德說，「他的故事暫時不重要。你看，這兩個算式陣有一些區別。」

列維的目光在兩個算式陣之間移動，觀察了片刻之後，他說：「嗯，是有區別。變的不是座標之類的表面參數，而是……哦，是一些代表觀察難度的指數。更多的我就不懂了。我只能認出它代表的是觀察難度，但解讀不出來更具體的東西。我又不是丹尼爾和伊蓮娜那種導師。」

其實獵犬根本不該懂這些，一點也不該懂。但列維畢竟曾經是導師助理，而且現在他的那部分記憶回來了。

「唉，我也不懂。」萊爾德說。

「那你是怎麼畫出來的？」

「憑記憶啊。」雖然不是萊爾德自己的記憶。

列維問：「既然你不懂，那你想表達什麼？搞什麼故弄玄虛。」

說完之後，列維竟忽然感到一陣放鬆。某種熟悉的情緒湧上心頭，讓他有種錯覺，覺得回到了自己的五門小車裡，正在和萊爾德進行毫無意義的拌嘴。這種微妙的安心感稍縱即逝。當他意識到的時候，就又被時刻盤旋的焦躁驅走了。於是列維又板著臉，催著萊爾德有話快說。

萊爾德指向一串字元，「這些就是你說的，代表觀察難度的指數嗎？」

「是的。」列維說。

「那麼這個指數所衡量的『觀察難度』，一九八二年的和一八二二年的比起來，是變難了，還是變簡單了？」

看著列維的眼神，萊爾德補充道：「別瞪我，我沒有故弄玄虛，也沒有學伊蓮娜的模樣為你講課，我是真的看不懂才問你的！我並不能調取丹尼爾懂得的全部東西……不知道將來會怎樣，反正現在我不行。」

列維嘆口氣，「這個挺複雜的，我也沒辦法講得很好……如果理解得簡單粗暴一點，可以說是變簡單了。」

萊爾德點點頭，「果然如此……」

「什麼意思？」

萊爾德沒有直接回答，而是說：「關於這組指數，它是偵測出來的硬性指標？還是人為設定的數位？也就是說，它是類似於溫度、溼度、長度這種性質，還是類似於設計圖上的大樓高度、計畫書裡的經費預算？」

列維說：「它不是人為設定的，不是想要多少就設定多少，但也不是長度那種直觀的東西，得需要一些很專業的手段才能得到它。比起長度，更類似地震強度什麼的吧……」

說著說著，列維的聲音越來越小，最後他沉默下來，抱臂思索。萊爾德等著他，沒有催促。

本來列維想說，他對破除盲點算式陣不夠瞭解，對它的理解不一定對……但他至少可以確定，自己確實能明白這兩組指數所指的含義。這就已經夠了。

如果指數錯了，施展它的人就無法主動破除盲點，既然一八二二年的那個人成功了，一九八二年的伊蓮娜也成功了，就代表他們使用的算式陣都是成立的。在他們分別使用兩個算式陣時，兩者使用的指數都是對的。

從他們分別使用的指數上看起來，比起一八二二年，一九八二年的時候「不協之門」更容易被人們看到了，人們被動觀察到盲點的難度更低。

從一八二二年以來，學會的導師們一直在還原算式陣，但一直沒有成功。除了有其他技術問題以外，恐怕也和這組指數有很大的關係。這不像量個身高體重那麼簡單，而是要經過長久的複雜作業。於是，即使導師們還原了百年前的算式陣，也很難成功啟用。因為上面的指數是錯的……現實已經改變了。

伊蓮娜之所以成功了，不僅因為她完成了還原工作，還因為她重新測量了代表觀察難度的指數。

列維看向萊爾德，「如果這兩組指數都是對的，那就表示世界上一直在漸漸發生某種變化，導致人們越來越容易看到『不協之門』。」

萊爾德長長地呼出一口氣，「我也是這樣想的，但不敢直接說。」

「有什麼不敢？」

「你比我懂，怕你笑我。」

萊爾德臉上掛著一種真假參半的表情。列維嗤笑了一下，暗暗又覺得自己回到了五門小車裡，或者某間「鬼屋」門前……彷彿他身邊的這位不是萊爾德·凱茨，是昔日那個煩人的「霍普金斯大師」。

列維決定繼續說正事，「不過這也只是理論上的。」

「不僅僅是『理論上的』。」萊爾德搖著頭說。

列維催促道：「有話直接說，別露出一臉丹尼爾的表情。」

萊爾德笑了笑，他突然很想照一下鏡子，看看自己的表情和過去有什麼重大差別。

他說：「由於我的本職工作，我能接觸到很多疑似遭遇『不協之門』的案例。案例中分為三類，一類是基本上確認遭遇，尚未查明；第二類是懷疑遭遇，尚未查明；第三類是已查明，非範圍內。翻譯成白話文就是，『這群失蹤者肯定是進了門』和『這些人可能是進了門，也可能只是普通的失蹤案』以及『雖然看起來很像有關，但這件事和門確實沒有關係，就是普通的失蹤案』。」

列維抱臂點點頭，「嗯，然後呢？」

「這類案例從古至今有一大堆。總體來說，它們出現得並不頻繁，甚至在世界上根本沒有留下太多關於它的傳說。連關於大腳怪的傳說都比它多。從十九世紀到二十世紀中期，案例的出現頻率一直很穩定，很少大量爆發。絕大多數時候，某些年全年也找不到一個疑似案例。

「到了二十世紀末，『不協之門目擊記錄』與從前相比似乎越來越多，二十一世紀之後也在繼續增多。正因為如此，這些案例才終於引起了我們的注意。唉，我們顯然比你們那個『學會』慢了很多步。

「很多人認為，案例增多是因為現代的資訊流通更快，還有人認為這是無規律的。也有一些人覺得事件增多絕不是偶然，但大家找不出每次目擊之間的關聯性，也梳理不出證據。」

列維認真聽著，等著萊爾德說下去。他已經懶得問萊爾德「你口中的『我們』到底是誰」了，現在討論這個根本沒什麼意義。

萊爾德繼續說：「從前我沒想過這些，是因為那時我完全不懂你們那個體系的東西。現在我才發現，算式陣上的資料，和我已知的案例，二者的變化趨勢完全吻合。比如說一九八五年。這一年，辛朋鎮事件發生以後，各地遭遇『不協之門』的案例也變得越來越多，越來越頻繁……還有在一九九五年的十月，以及二〇〇九年年末，這些關鍵時間點之後，案例數量都出現了指數級增長，而且一旦增長，就沒有再下降的趨勢。」

除了一九八五年之外，萊爾德提到另外兩個年份也有點耳熟。列維問：「一九九五年？是不是你五歲的時候？」

萊爾德點頭，「一九九五年十月二十日，我失蹤幾天之後，被發現坐在自己的房間裡大哭。二〇〇九年十二月二十三日，保母安琪拉女士自稱在自己家中走入『不協之門』。她只『迷失』了幾個小時。從這天開始，她的精神情況加速惡化。」

「但這兩次並不涉及算式陣，」列維皺眉，「這不是有人主動破除盲點，而是你們被動地『回家』啊……」

萊爾德說：「不，這兩次也有人在『主動地』破除盲點。只不過，不是在我們熟悉的世界裡做的而已。」

列維明白了。很顯然，這幾次關鍵的時間點，都和伊蓮娜的行為有關。

萊爾德停下來片刻，終於說出他最終的推測：「我是這樣想的……可以簡單地認為，我們的世界上蓋著一層紙。紙上本身就帶有一些自然磨損的小洞，原本它不常見，人們可能會不小心掉進去，但這種情況很罕見。然後，每次有人主動去破除盲點，就是在紙上故意戳開一個洞。穿過洞來到這邊的人想要『回家』時，如果他找不到自然形成的洞，就得再在紙上穿出又一個洞……於是，這張紙上面的孔洞越來越多，甚至最終有可能潰散破裂。伊蓮娜把我送回去了，把安琪拉送回去了，剛才還把米莎和瑟西送回去了。無論她的具體手法是什麼，她都是不停在那張紙上『打洞』。與其說她是在送人回家，不如說那些『人』是她使用的工具，就像算式陣上的一個必要符文一樣。『打洞』才是她真正想幹的事情，『送人回去』只是打洞的附加效果。」

萊爾德觀察列維的反應，列維若有所地看著別處，沒有與他目光接觸。

於是萊爾德接著說：「其實，我想起了灰色獵人說的話。他說，不要混淆界限，殺掉所有拓荒者……他救助過艾希莉和羅伊，這是因為他們已經變成了某種別的東西；而當他發現了我們，還發現我們想帶著那兩個人離開，他就開始對我們發動攻擊……就算沒辦法讓我們『死亡』，也可以讓我們在痛苦中變成和他一樣的東西。我想，他應該是在漫長的探索中意識到什麼了吧。但他不再是過去那個研究者了，他沒辦法表達清楚，於是他只記住了結論，並且反覆強調著這個結論……」

列維突然打斷他的話，「那你的結論又是什麼？」

他的語氣很刻意。萊爾德看著他，從他低垂的眼神裡看出一種清晰的抗拒。

萊爾德無奈地嘆氣，「列維，我一開始就說過了，而且說得很直接……我們不能回去。特別是你，你不能回去。」

列維的聲音很冷靜，雙手卻悄悄在身邊握緊，「什麼叫『特別是我』？」

「我還以為你已經明白了……」萊爾德無力地說，「事到如今，關於你自己……你真的什麼也沒有想過嗎？」

列維沒有馬上回答。

其實他的眼神已經替他作出回答了，但他還是強作鎮定，維持著平穩的聲調，「我當然想過很多。我有任務在身，現在我正在想要怎麼完成它。」

萊爾德說：「你明明知道我指的不是這個……」

「那你是指什麼？」

萊爾德長嘆一聲。他坐在長凳上，手肘撐著膝蓋，低著頭，眼睛正好盯著列維的腳尖。他們站在「畫框」之外，所以那暫時是人的腳尖。

「你真的要這樣嗎？」萊爾德問，「難道你希望我直白地說出來嗎？」

列維又是沉默了好一段時間。最終，他輕聲說：「不用了。別說出來。其實我知道你的意思。」

萊爾德點頭，「是吧？我也覺得這樣更好。」

列維忽然輕笑起來。萊爾德疑惑地抬頭瞄了他一眼，他解釋說：「我突然覺得不可思議。你肯定早就有所察覺了，但你竟然從來沒有直接說出來，說我是個……」

他停下來，沒有說出後面的單字。

其實他也不知道應該在這裡用什麼詞。

萊爾德放鬆了一點，「看來你明白啦。那就好。」

「那肖恩和傑瑞呢？」列維問，「他們在第一崗哨裡看到了一條路，從那回去了。這和伊蓮娜無關，那地方是一條天然存在的路，他們是被動發現它，不是主動用學會內部的技藝去開啟它。如果用你剛才說的『紙』的例子，那他們就是看到了紙上本來就存在的磨損小洞，而不是自己打了新的洞。」

「理論上是這樣……」

列維說：「那我們為什麼不能去試試？我們回到第一崗哨去。」

列維走近些，居高臨下地看著坐在長椅上的萊爾德，肢體動作上有些催促對方同意的意思。

儘管此時萊爾德眼中看到的是人類軀體，他還是感覺到一種令人不適的壓迫感。他強忍著跳開的衝動，要求自己像過去一樣與列維．卡拉澤這個「人」交流。

萊爾德說：「我不能確定那樣做就絕對安全。也許他們帶去的危害不如我們大，但也不是絕對沒有任何影響。」

「我們還是可以試試。」

萊爾德開始露出有些煩躁的神情，「天啊……列維，你是故意要這樣裝傻嗎？我不知道我還能維持清醒多長時間，可能我根本不能和你交流太久了……你想像一下，我們不能確定某一次『打洞』的行為會不會引起某種質變，上次是從一增長到十，這次是從十增長到百……說不定你下次就會讓數字從百變成千甚至萬。」

他抬起頭，列維靜靜看著他。

雖然有些畏懼，但萊爾德還是說了下去，「上次是辛朋鎮的災難，以及各地目擊數量一次又一次上升……這次呢？我們會給低層視野帶去什麼？還是不要冒這種險了。」

列維慢慢蹲跪下來，把雙手撐在萊爾德身體兩側的長椅邊緣上，直視著萊爾德的臉。過近的距離，令厭惡肢體接觸的萊爾德更加不安。他悄悄咬緊牙，與列維對視。

「你還記得嗎？」列維說，「在峽谷下面的時候，你和我偷偷談話。我說想把艾希莉和羅伊帶回去，因為他們很重要。而你不想帶他們，你覺得他們很危險。」

「我記得，」萊爾德說，「現在我更加這樣認為。」

「你還記得我們最後達成的共識嗎？」

萊爾德等著他說完。

列維說：「我們決定，一旦有機會，就先讓傑瑞和肖恩回去。而我要繼續調查，直到我認為確實需要回去的時候為止。我還說，那時我要帶上他們，哪怕只是其中一個，或者只是屍體，甚至身體的一部分……你知道為什麼我堅持如此嗎？」

「因為這是你的使命？」

「是的，我是學會的獵犬，」列維說，「我首先忠於學會，而不是導師伊蓮娜個人。所以，我同意你的部分看法，我們離開伊蓮娜和辛朋鎮吧。回第一崗哨去，去試試那條更難看到、更安全的路。」

「列維，你……」萊爾德想站起來，卻沒有成功。

他剛一動，列維就把他壓回了原地，他低頭看向身側，列維原本撐住椅面的手不知何時按在了他的手背上。

長椅下面也突然出現了一雙手，看起來是人類的手，甚至還附帶著眼熟的袖子，它們抓住他的雙腳腳踝，像鐵箍一樣難以掙脫。

列維微笑著，「你看，現在情況變了，想帶艾希莉和羅伊回去顯然很有難度。但是幸好，我和你都改變了很多。對學會來說……我們兩個，都變得非常有研究價值。」

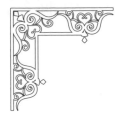

SEEK NO EVIL

CHAPTER THIRTY SEVEN

【出生前】

走廊在慢慢變短。黑暗從左右兩側蔓延過來，從遠到近，一點點吞噬可見視野。地板微微振動，然後牆壁也開始搖擺，牆上的畫被晃得歪掉了，一滴渾濁的液體從畫框邊緣滑了出來。

畫框裡的東西不再是靜止的，而是開始慢慢蠕動。不同質地的有機物彼此摩擦，遠遠地聽起來，竟然有些像是風吹過茂密樹葉的聲音。

萊爾德好不容易把一切隔絕到畫框裡，現在畫框即將崩毀，所有東西都將回到他眼前。

他的雙手、雙腳被四雙手分別握住，每隻手的每根手指裡又各自分化出新的手臂，然後展開五指，指尖上又再出現手臂，展開五指……他徒勞地掙扎，而這些東西像網一樣圍住了他，並且還在繼續生長、互相糾纏。

萊爾德閉上眼，但閉眼根本無濟於事，他的皮膚、他的聽覺會比視覺更靈敏，它們會繼續把所有事情傳到他的視野中。

「列維．卡拉澤！如果你那麼在乎『研究價值』……」萊爾德扯著喉嚨大叫，「那麼當初你就不該離開那間精神病院！你們為什麼不留在那繼續折磨我……為什麼不乾脆把我變成白痴，隨便怎麼研究……」

列維的聲音在四周響起，萊爾德根本分辨不出方向。

「那樣毫無意義。當年的情況，即使再繼續，也得不到任何結果。只是重複地、徒勞地折磨你而已。我並不想那樣做。」

列維重複了一遍，「毫無意義。」

「現在就有意義了，是嗎？」萊爾德吼道，「因為第一崗哨，因為丹尼爾，因為一八二二年的導師，因為卡帕拉法陣，因為我現在重新回憶起來的一切……我又有意義了，是嗎？」

萊爾德的聲音顫抖起來，「奇怪了，那時候在醫院裡……你為什麼要送我那些書和筆？為什麼陪我打雪仗？你為什麼要在我畫的地球上亂塗什麼雲彩？你為什麼……為什麼要讓我覺得生活多少還有點趣味……」

萊爾德有些無法控制情緒。他已經盡己所能地保持冷靜了。他說起這些，並不是為了控訴和指責什麼，而是他希望這些久遠而細碎的記憶能把當初的「實習生」帶回來。

如果學會的獵犬不能理解他，那麼也許「實習生」可以。那時的列維．卡拉澤雖然是導師助理，距離神祕之物比獵犬們更近，但那時他卻更像個普通人，他的眼神更簡單，更容易看懂。而如今，他身上卻盤踞著令人窒息的混沌氣質。這並不是因為正常的年齡增長。

「你問，為什麼？」列維的聲音裡帶著疑惑，「大概是因為……那時我就是想那樣做。想陪你聊天。想離開醫院。想讓老師放棄對你的研究。就這麼簡單。」

一隻手接觸到萊爾德的後背，似乎是想把他歪斜的身體扶正一些。萊爾德的背上傳來清晰的觸感，那隻手能完全覆蓋他的軀幹，手指的數量他一時數不清，每個指腹上都帶著無法清晰感知形狀的實體。身邊各個方向傳來悶悶的摩擦聲，萊爾德感覺到自己的位置正在變化。他正在被移動。

萊爾德無力地問：「那麼你能理解嗎……我不想回去，不想再讓這種悲劇……這種恐怖，再繼續擴散……你能理解嗎……」

「那麼你又為什麼『不想』呢？」列維突然反問。他的聲音同時在萊爾德的左右耳邊響起，語氣很平靜。他是在認真提出疑問，而不是在故意和人爭執。

萊爾德哭笑不得地想：我對這個人的語氣可真熟悉啊，哪怕到了現在，我竟然還能分辨出其中的情緒區別。

萊爾德說：「我想讓『不協之門』減少，甚至可以的話……讓這一切結束。」

「為什麼？」

「沒有它更好。」

「為什麼？」

萊爾德說：「我曾經很羨慕傑瑞。我羨慕著他的人生，但並不嫉妒，並不想破壞它。因為我知道，我已經有我該扮演的角色了。所以，當我知道傑瑞和肖恩也看到了『不協之門』時，我當時……不說那時了，就說現在，我不喜歡再看到另一座辛朋鎮，也不讓這世界上多幾個、十幾個、更多個『萊爾德』或者『米莎』這樣的人。這樣沒意思。沒必要。」

「那麼配合學會的研究是沒意思和沒必要的嗎？」列維的聲音中，疑惑更加濃郁，「意思和必要是什麼，有必要是什麼，你為什麼會去玩雪？為什麼想回家？為什麼在耶誕節前哭泣？為什麼會覺得生活裡有趣味？為什麼要調查辛朋鎮？為什麼要做現在的工作？」

一開始，萊爾德還條件反射地回答了一句。忽然，他覺得不對勁。

列維的聲音改變了，從清晰的句子，漸漸變成了電流一樣的雜音，最後變成了無處不在的、高頻率的蜂鳴。

「為什麼在坐車的時候想吃口香糖？

「為什麼『就是想吃而已』？安全帶上的頸枕為什麼換一個頸枕為什麼問我？

「為什麼會『感覺好』？什麼必要什麼意義為什麼？

「為什麼普通的生活就是這樣？為什麼想回家不想留下想蓋拉湖地球衛星雲圖想回家？

「為什麼什麼是有意思要生活你幾歲了明天有個特殊檢查不用害怕？

「為什麼要哭五歲發生了什麼誰是誰你想達成願望？

「為什麼要有願望播放機聽什麼歌我去幫你放你想要筆嗎？

「為什麼會覺得有意思有必要有意義我是地產仲介你是不是跟蹤我？

「為什麼人這樣醒著活著知道不知道活著活下去？

「為什麼覺得生活有趣味什麼趣味玩雪回家人這樣活下去？

「為什麼什麼是什麼叫做什麼定義哪裡是誰這樣活下去？

「為什麼活下去？

「為什麼人……」

萊爾德想捂住耳朵，但辦不到。不僅是因為他的手無法自由移動，更是因為那種聲音無處不在，甚至直接擠進他的耳道內。

聲音像洪流般碾壓著他。

一開始，他的大腦被撕扯得一片空白，就是在這種空白之中，他卻漸漸感知到了一股既強烈又淡漠的情緒。似乎很矛盾。但他真的同時感覺到了「淡漠」和「強烈」。

強烈的，是某種不知名的執著。這股執著在奔流著，像瘋狂的野獸一樣四處亂撞。他無法得知它所執著的東西是什麼，甚至可能它根本沒有某個具體的對象。也許它正是想找到某個可以執著的具體目標，但它無法找到任何一個。

淡漠的，是關於之前那一連串「為什麼」的答案。

列維．卡拉澤在認真地回答問題。列維．卡拉澤無法回答問題。

萊爾德眼前浮現出十幾年前的一幕幕。每個有實習生在的畫面上，實習生的身影都消失了。取而代之的，是那個出現在他半夢半醒間的龐大怪物，那個他至今無法進行清晰描述的東西。

它藏在每次眨眼之間，擠壓著狹小診療室內的空氣。對那時的萊爾德來說，他既是一直看著它，也是從未注視它。

在萊爾德的記憶裡，不僅「實習生」的形象開始潰散，開始變成那個比惡夢恐怖千倍的實體，現在，連「凶巴巴的地產仲介」和「一臉假笑的節目製作人助理」都開始變模糊了。

因為他們真的變模糊了。

他們就像映入湖水的星空。

星空的範圍局限在湖中，以水的姿態模仿著波紋，以水的面貌與船上的遊人對視。它覺得自己是水面，是黑綢緞上粼粼的光，是總面積等於某個數位的不規則區域……但它不是。

其實它永遠無法被裝在這片湖床裡。當它以為自己是湖時，它以水的樣子被敘述過，被描繪過；等到它意識到自己不是水的時候，它就突然變成了俯瞰著湖的姿態，關於湖的一切都開始變得混亂、陌生。

因為它是星空，是和湖水截然不同的物體，它甚至不是口頭上、狹義上的「物體」。

這種情況，讓萊爾德想起了一位病友。

當年在蓋拉湖精神病院的時候，他見過不少真正的病人，其中有個與他年齡相仿的女孩。他不瞭解女孩的具體病症，只知道她一直以奇怪的姿態匍匐著生活，似乎在模仿某一種爬行動物。她模仿得極為嚴謹。她不和人溝通，並不會用語言自稱是某某動物，她不參與任何正常孩子的娛樂，不喜歡任何可能吸引到小孩的玩具或飲食，甚至她還有一定的攻擊性，會做出很多真實動物才有的行為。

有些病人給她取了綽號，叫她「蜥蜴」。萊爾德曾經看過她，那時她被束縛在一架推床上，沒有被麻醉，恍惚之間，萊爾德竟然覺得她真的就是某種蜥蜴。

後來這個女孩的情況好轉了。萊爾德十五歲之前，女孩已經能情緒穩定地直立行走了。遠遠看著她的時候，萊爾德意識到，那隻「蜥蜴」消失了。

或許她還能想起當爬行動物的日子，但「蜥蜴」確實正在慢慢淡化、分解、消融。總有一天，她會徹徹底底回到人類狀態，她會用人類的眼睛俯瞰著所有「蜥蜴」，包括草叢裡的，寵物店裡的，以及昔日她自己靈魂中的那隻。

小時候的萊爾德曾經忍不住想過，她在當蜥蜴的時候，會不會曾經有過蜥蜴朋友呢？也許某隻蜥蜴會以為她是真的蜥蜴，只是個頭比較大，也許他們還會一起晒太陽。

現在，她恢復成了人類。她把那隻蜥蜴朋友捧在手裡，塞在罐子裡，對牠溫柔地微笑，餵食牠……這時候，蜥蜴朋友會有什麼感覺？會茫然嗎，還是會恐懼？

當她隱約知道自己是人類的時候，她就已經開始忘記蜥蜴如何生活了。一天天過去，她越像人類，就忘得越多。當她徹底意識到自己是個小女孩的時候，當她對別人說「我曾經以為自己是蜥蜴」的時候……那隻「蜥蜴」就徹底瓦解了。

她可以把自己「是蜥蜴」期間做過的事娓娓道來，但她只是俯視著那些記憶而已。她完全忘記了蜥蜴的思考方式。蜥蜴的靈魂碎片也許散落在她的心靈深處。但碎片就只是碎片，只是星空從上方投下來的光斑。

星空始終不是湖水。

萊爾德悲哀地意識到，他已經不可能與列維交流了。

無論他說什麼，列維也不會理解。相對的，他也不能理解列維。

列維想回去，因為他仍然在模仿當初的他自己。人類模仿其他同類，或模仿某種動物的時候，會先去模仿最簡單直接、最有代表性的姿態。列維也是在模仿「最容易模仿」的部分——他作為學會獵犬的那部分。

他要回去。他要完成任務。他要帶回重要訊息。他要忠於學會。他要服從導師。他要配合研究。而且，他身邊總是跟著一個叫「霍普金斯大師」的冒牌靈媒，此人的真名叫做萊爾德・凱茨。

萊爾德臉上泥濘一片，他分不出這些東西究竟是什麼，也許是自己的涕淚，也許是他無法辨識的不明黏液。有些東西甚至流進了耳道，但沒有阻礙他的聽覺。

他聽到，不遠處傳來類似悶雷的聲音。聲音一波波迴蕩著，有著語言般的節奏。他分辨不出任何類似詞語的發音。

那是伊蓮娜。現在他聽不懂她說的話，但他就是可以認出，那是伊蓮娜。

在伊蓮娜之中，還混雜著各種或強烈、或微弱的聲音。

有些不是聲音，是圖案，是光，是影子。是吐息，是視線，是黴斑，是尖牙，是笑容。

是心臟上的外骨骼，是廣袤的灰色溝迴。是樹狀肢體，是紅色薄膜，是沉睡的面孔。

是連結在一起的無數丘腦，是英式排屋，是尋人啟事，是喬尼，是雜貨店的梅麗。是碎成粉末的骨頭，是刺穿身體的鎖鍊和鋼絲，是地下室，是霧。

是治安官，是捕鼠人，是初春的小鎮。是羽化，是單人小沙發，是嵌合的觸肢構成的手，是白色幽靈。是柔伊，是媽媽。

是蒼白色的雙臂，是發不出聲音的柔伊，是伸手抱住一個小孩子的媽媽。是不協之門。是辛朋鎮。是一九八五年三月。

沒有面孔，又有無數面孔。

沒有聲帶，但能發出震耳的響聲。

萊爾德睜開了眼，平靜地看著身邊飛逝而過的一切。它們不是記憶，不是幻象，而是真實存在他身邊的事物。

柔伊在這裡。辛朋鎮的一切也在這裡。

除此之外，還有艾希莉，還有很多他根本不認識的個體。它們在神經、骨骼、臟器、血肉之間起起伏伏著，有些以極快的速度遊蕩，有些正在沉睡，還有些孜孜不倦地追逐著他和列維，無數手與腳摩擦、彈跳滑動在與它們自己同樣的質地上，發出清脆或黏膩的聲音。

他聽見一聲來自高空的嘶吼，接著是裂帛般的聲音，伴隨著液體與固體滑膩的滴答聲，這些聲音同樣非常巨大，且出現在四面八方。

「我們離開辛朋鎮了。」

耳朵裡傳來了列維的聲音，聲音的震動直接貼在他的耳道內部。

這句話讓萊爾德更清醒了一點，他用僅有的注意力，儘量讓雙眼對焦，看到了一片灰白色的布。仔細看去，它其實不是布，更像是薄膜……也不對，這是皮膚。

他面前是一片灰白色的皮膚，上面布滿不規則的疤痕，皮膚微微蠕動著，擠壓出不同角度的皺褶，皮膚下面緊貼著大大小小的不明物體，它們到處遊移，造成皮膚時凸時凹。

萊爾德想起，他見過這樣的東西。當時他在瑟西的家中，米莎的房間裡。

他看見了牆壁上不該存在的窄門，當時，門內就緊緊貼著這樣的一片皮膚。皮膚上浮現出了一雙手，除了手以外，他看不到任何屬於人類特徵的部位。

現在也是，現在他仍然看不見屬於人類特徵的部位。甚至，他看不見任何除了皮膚以外的「部位」。因為他眼前的這個實體……實在是太龐大了。

無論向上看，向左右看，他都看不見它的盡頭。他沒有嘗試向下和向後看，因為他不想。他知道那些方向有什麼。

他懸在空中，鎖骨旁邊的皮肉上有四個對穿的洞，兩根能夠彎曲的尖刺從這裡穿過去，再閉合成環，將他掛在某個實體身上，沒有任何掙脫的可能性。他的手腳和腰部也被某種東西纏繞著，他沒有低頭看，不知纏繞在身上的具體是哪種形態的物質。

他知道這整個「實體」是誰。所以他並不想低頭或回頭去看。

這個「實體」撕破了眼前「皮膚」的一部分，它帶著萊爾德離開了辛朋鎮。

離開了一九八五年的三月。

離開了永遠留在這裡的柔伊。

離開了伊蓮娜。

萊爾德感覺到自己在向後退。灰白色的皮膚與他拉開距離，越來越遠。即使如此，他仍然看不見皮膚的盡頭，看不見這個物體的全貌。即使拉開目測幾十米的距離，他能看到的仍然只是灰白色的一塊局部。這個東西橫亙在視線可及的所有角度裡，他根本看不見它的整體。

很快，灰白色皮膚蠕動著追趕過來了。有時候它幾乎貼到了萊爾德的臉，有時候又再度被甩開，遠得像一堵無邊際的城牆。

當皮膚遠到一定程度的時候，萊爾德抬起頭，終於看到了似乎是天空的東西。

高空依然灰暗，穩定，沒有任何天體。這正是他在門裡的世界一直看到的天空。只不過，現在他不太確定那能不能叫「天空」……他不能確定這裡任何事物的名字。

高空上閃過一抹黑影，像是陳舊膠片上的瑕疵。黑影增多之後，萊爾德定睛觀察，看到了一隻隻烏鴉。

烏鴉黑得吸收所有光線，只能被看見輪廓。牠們沒有眼睛，萊爾德卻覺得自己與其中某隻烏鴉四目相接了。

雷諾茲。他無聲地應答道。

萊爾德還記得第一次遠遠看到烏鴉的時候，那時鴉群的姿態更穩定，更優雅，而現在牠們卻像暴風一樣翻飛，甚至偶爾會彼此相撞。

雷諾茲自稱信使，信使的職責就是為導師與獵犬服務。現在雷諾茲應該正是面對著一位導師，和一位獵犬，但他身上卻傳來一種濃重的恐慌。不知道他看見了什麼。不知他能否看到那個灰白色龐然大物的全貌。

既然已經到了雷諾茲的警戒範圍，第一崗哨應該就在背後不遠處了。

萊爾德想，我應該做什麼呢？如果我不想回去，也不想讓列維．卡拉澤回去，那麼……也許只要我看不見那條路就可以了。他想啟用卡帕拉法陣，好剝奪自己的感知，但是他太痛了，也太累了，他的視覺一直被眼前難以忽視的駭人事物占滿，根本無法維持專注。

他想乾脆刺瞎自己的眼睛，但他的手被束縛在身體旁邊，根本動彈不得。

遠處的灰白色巨物忽然停下來，不再追趕他們了。隨著距離越來越遠，萊爾德能看到它越來越多的部分，它延伸出很多條管道一樣的東西，一部分伸向他們，就像惜別時揚起的手，另一部分聚集在一塊巨大如洞窟的潰散破口上，把從傷口裡流淌出來的東西慢慢梳理著。

萊爾德看到了艾希莉，她以流動的形態從一塊糾結的血管瘤上滑下來，哼著輕快愉悅的尖叫聲，自如地攀著灰白色的外部皮膚，越爬越高，像是在翻越一座高峰。她不是辛朋鎮的居民，但小鎮非常包容好客，她可以前來暫住，也可以隨時離開。

他還看見了喬尼，就是那個到處貼尋人啟事的中年男人。他的半顆心臟趴在電線杆旁邊，用黏液把尋人啟事一遍遍貼好，他的一小部分差點從潰散破裂的傷口漏到外面來，兩名眼睛……兩名眼睛的團塊……兩名警官發現他昏倒之後，立刻把他帶了回去。

「辛朋鎮歡迎你」的牌子背後則是「歡迎下次再來」，牌子在氣流中招搖著，帶著深紅色的半透明凝塊灑在山區的隧道裡。

隧道裡的捕鼠人揮了揮手，他在表皮下面穿行，皮膚和肌肉之間的縫隙如鼓起來的蚯蚓般凸起，是禁酒令時期留下的祕密隧道。隧道的另一頭就是剛剛出現的潰散破裂之處，列維．卡拉澤和外鄉來的假靈媒就是從這裡離開的。

他們沒有走來時的那條路，也沒有從小鎮第一大道通向公路的那條路離開。

一陣尖銳的電子警報聲傳來。

聲音極為刺耳，取代了之前萊爾德聽見的所有聲音。

他的大腦花了一點時間才辨識出這個聲音，這是追蹤終端機的示警音效。如此高頻率的急促聲音，代表被追蹤個體近在眼前。但是他已經把自己的追蹤終端機關掉了，這一路上內部記錄的資料，也全部被他清除了。他親手做的。

聲音不只一組。它到處都是，交織成了令人頭昏腦脹的嗡鳴。有多少終端機在響？是誰的終端機在響？

聽見聲音之後，萊爾德先後看到了兩個畫面。

第一個，是舊得看不出原色的壁紙，順著壁紙向下看，牆壁下方有座矮櫃，矮櫃上擺著一隻淺黃色小熊，戴著黑領結。這是他小時候住過的房間。

第二個，是嶄新的淡橙色壁紙，上面掛著幾個相框，還貼了一張蠟筆畫。不是米莎的畫，也不是他小時候的，他不認識它。

然後他就昏了過去。在清醒著的最後一刻，他忍不住祈禱：如果我不會再醒過來就好了。

也許真理不等於幸福。如果二者對立，而且只能選擇一個，你要選哪一個？

如果你厭惡、畏懼的東西，才是世界真正的樣子；而你所熟悉、認可的東西，全都是虛假的泡沫。你要選哪一個？

這不是電影裡的紅色或藍色藥丸。在電影裡，如果他選了當下，他就可以捨棄真相，繼續平凡地活下去。

但在這裡不行。

無論如何，我們最終都會奔向那片令人戰慄的光芒。

通常在文學作品裡，我們用「黑暗」來給反面的、邪惡的事物命名，但我們最終要去的地方確實不是黑暗。它是光芒。

我們身在一片黑暗中，畏懼著必然的光芒。

有些人無意中瞥見了它，也許僅僅是瞥了一眼，他們的靈魂被它撕碎，眼睛幾乎被燒毀。他們哭泣著，質疑著：這樣的東西有什麼意義？有什麼趣味？它憑什麼就是光芒？憑什麼是真理？它能帶給我們什麼利益嗎？

儘管問吧。沒人會回答，也沒有必要回答。

也許胎兒在出生前，也曾經在自己的思維體系內，近乎崩潰地提出這樣的質疑：我們為什麼必然要去往那麼恐怖的地方？那不是地獄嗎？

胎兒眼裡的世界和我們的世界不一樣。他們看不見這世界真正的模樣，即使他們看得再清晰，最多也只是能看到他們能理解的極限。我們習以為常的東西，可能在他們眼裡極為恐怖。

恐怖不代表有害。只不過，人們會把令自己感到恐怖的東西定義為有害。

胎兒最終也會成為和我們一樣的東西。就如我們最終也會成為……

胎兒們唯一規避恐慌的方法，就是蜷縮著沉睡下去，忘記偶爾瞥見的光芒。

不去注視它，不去思考它，不要意識到它。就這樣……讓一切自然而然地發生。這才是對任何人都好的方式。

不要提前注視光芒。更不要混淆界限。

洞察即地獄。

——第二閉環書頁，頁碼〇八五

於一八二二年，

於，不對，已經過了很久了，應為一八二三年，

一八八〇年？應該沒超過一九〇〇年

——不是我寫的，二〇一五，

其實也是我。但是

女孩盯著面前的懸浮投影。投影中展示著一張影印紙，紙上是歪歪扭扭的字跡。與女孩一桌之隔的地方，青年控制觸控鈕，調整著投影圖片的角度和頁面大小。女孩不僅在觀察那張紙，目光還不時穿過半透明的投影，偷偷觀察這個男人。頗為年輕，表情嚴肅，頭髮極短，深色皮膚，身穿軍裝……如果她沒搞錯的話，他的軍銜應該是中校。

「他們是讓妳來看它，不是看我。」年輕的中校說。

女孩不好意思地笑了笑。她撒了個小謊，以掩蓋自己盯著他的真正疑惑，「抱歉。因為我事先知道你的名字，而且我媽媽提起過你，所以我總是忍不住對你有點好奇……」

軍人說：「妳是覺得我太年輕了，很不可思議，是吧？」

「是有點……」

「我不需要對妳解釋自己的工作經歷，所以，把好奇心收一下。」

「好的……我知道。很抱歉。」

軍人又重複了一遍之前的話，「他們是讓妳來看它，不是看我。妳對紙上這些話有什麼想法嗎？」

女孩問：「這個落款的年代是怎麼回事？什麼一八二二、一八八〇……他進入『不協之門』時是二〇一五年吧？這是普通的影印紙，而且很新，顯然這些字是他回來之後才寫的，而不是他從『那個地方』帶來的。他怎麼了？」

「我想，這應該不是他的思維內容。」

女孩恍然大悟，「也對……我也聽說了一點他的情況，他回來之後，曾經展現過不屬於他的人格。那就對了。剛才我還想接著問呢，他竟然會用『第二閉環書頁』這個詞……」

「說具體些。」軍人雙手交叉，撐在下顎邊。

女孩說：「『第幾閉環』這種表達方式，是他們的……是學會的早期用語。我並不瞭解其中含義，只是知道這個概念的出處。在很早很早的年代，他們用這類詞表達導師的權限等級。但我不知道『第二閉環』是高還是低，可能是高吧。還有『頁碼〇八五』這個詞……你知道『書籤』代表導師吧？頁碼其實就是導師們的編號。他們非要用這種怪怪的名稱。」

軍人點點頭。

女孩接著說：「比如，伊蓮娜的頁碼是〇四二。我看見過她的項鍊，上面有號碼，位置很不起眼。」

「她的編號這麼靠前？」軍人問。

「我的理解是，這些號碼不代表某人加入學會的日期，也不代表時代和年齡。大概它們是可以被繼承的吧？比如孩子可以繼承父母的，或者老師的。除非多了新人，又沒有可繼承的號碼，他們才會編入新的數字。當年我只瞭解到這麼一點，而且不一定對。那時我太小了。」

「好的，這些妳可以寫進書面陳述裡。」軍人說。

「嗯，我會記得寫的。有些只是我自己的猜測，沒有實際根據，這種也可以寫進去嗎？」

「沒關係，都寫進去。」軍人把投影上的紙張拉動了幾下，慢慢調整正文部分的位置，「除了落款，妳對他書寫的具體內容有什麼想法嗎？」

內容並不長，女孩已經來回看了好幾遍了。她說：「我確實有個疑問。他『回來』這麼多年了，就只跟你們說了這麼點東西嗎？」

軍人說：「當然不只這些。他一直在接受長期治療，情況十分不穩定，我們很少有機會能順暢地溝通。這是他第一次主動拿起筆寫字，寫完之後他的情況又不太好了……我們來不及和他多談。所以我想和妳聊聊，妳的看法也許會對我們有幫助。」

女孩一手像彈琴般敲著桌子，又繼續盯著投影看了半天，最後她說：「抱歉……我也不太明白他具體在說什麼。也不能說完全不明白，我只能理解到，他在警告別人不要去找『不協之門』，也最好別研究它。但這個解讀並不稀奇，你們肯定也能解讀出來，畢竟很多人都這麼想。除此之外，我還知道他說的藍色藥丸和紅色藥丸是什麼，因為我看過很多老電影……」

說著說著，她停下來，眼睛漸漸睜大。

「啊！這不對啊……」她驚訝道，「他用了學會的古老稱呼，還覺得自己是一八二二年的人，甚至他的用詞文筆都變得挺老派的……那他怎麼又會拿紅藍藥丸打比方？《駭客任務》是千禧年前後才出現的電影。」

軍人說：「是的，我們都意識到了這一點。先擱置它。其他內容呢？在妳看來，還有什麼值得注意的地方嗎？」

女孩說：「沒有了。我能拍一下照嗎？我回去再想想。」

軍人點頭同意後，她用剛剛發給她的新手機拍攝了紙張的投影。她說：「如果能想起什麼，我肯定會告訴你們。呃，是告訴你，還是告訴馬特醫生？」

軍人說：「妳已經被調到了這邊，馬特就不會再和妳見面了。我並不是妳的直接負責人，只是在妳來這裡的第一天想與妳談談而已。如果妳有什麼事情，無論是日常需求還是什麼，都可以直接和妳的監護者談。就是帶妳來的那位女士。」

女孩了然地點頭。經過幾秒的沉默後，軍人剛想通知她談話可以結束了，女孩突然問：「對了，今天下午我可以去看我爸媽嗎？」

「去和妳的監護者談，她負責為妳安排。」

這個答案基本上等於「可以」。女孩露出滿足的笑容。「那我先去吃午餐啦！以後再見，肖恩。」

「別這麼叫我。」

「好吧好吧。再見，中校。」

女孩離開後大約十分鐘，肖恩・坦普爾的私人電話響了起來。他的拇指條件反射地懸在「拒接」上，看清了來電者的名字之後，他把電話接通了。

沒有任何寒暄，電話裡立刻傳出他熟悉的聲音，「我們不是說好了嗎？！」

肖恩說：「你指的是什麼？是關於米莎・特拉多的培訓事宜？」

「不然呢？」

「這不是我一個人決定的，我只負責與其相關的一部分工作。」

「但是你在支持這件事！我們不是說好了嗎？對她和她的家人加以特殊照顧就足夠了……而現在，你們竟然讓她直接輟學了？」

肖恩長嘆了一口氣，「這不是輟學，她讀完高中了，現在只是轉入專門培訓機構而已。」

「她這樣還怎麼申請大學？」

「她不申請大學。她自己決定的。」肖恩的語氣非常冷靜克制，一點也沒有被對方的情緒影響，「傑瑞，無論是特拉多小姐的培訓還是其他生活安排，它們都不是你應該過問的事情。你們的工作和我們的工作確實有交集，但不重疊。我們私下溝通的時候，我可以參考你的建議，但是也僅僅是參考。這是私人交談，不是工作方針。」

電話另一邊的人，正是傑瑞·凱茨。他坐在臥室裡，面前的床頭櫃上擺著已經涼掉的外賣速食。

他一手拿著手機，另一手是自由的，但他就是遲遲不對面前的食物動手。

傑瑞穩定了一下情緒，說：「坦普爾，你應該知道，當年米莎·特拉多被招募時還沒成年，你們這樣真的合法嗎？」

現在傑瑞一直用姓氏來稱呼肖恩。

高中畢業後，他們都離開松鼠鎮走上了各自的道路，有一段時間沒有見過面，等到再次重逢之後，傑瑞就只用「坦普爾」稱呼肖恩了。起初肖恩表示有點不習慣，現在倒是無所謂了。

肖恩說：「當年的一切安排都得到了她父母和她本人的同意，現在他們也沒有改變想法。一切都很順利。」

傑瑞無力地說：「你們是想再培養一個萊爾德嗎……」

「你這句話很奇怪。」肖恩說，「第一，萊爾德不是我們培養的，他當年受訓的時候，你和我都還是小孩子，我根本還沒參軍，更沒有成為授權特務，也不認識現在的上級和團隊。第二，特拉多小姐也不是我培養的，在我參與這件事之前，她就已經與這個部門合作好幾年了。第三，當年萊爾德從十歲開始輟學，十五歲就開始接受特殊培訓，而特拉多小姐已經讀完了高中課程，她的心理和生理都比萊爾德的狀態健康。他們兩人並不相似。」

傑瑞沉默了好久。肖恩並不催促，他不回應，肖恩就這麼乾巴巴地等著。

傑瑞把電話夾在耳朵和肩膀之間，一手拿起糖包，想把它撕開，倒進已經涼掉的紙杯咖啡裡。他成功地撕開紙包，把它靠在裝食物的袋子上，再小心翼翼地去摳咖啡杯的蓋子。蓋子被他的右手掀開，又被他的左手碰倒。

傑瑞咒罵一聲，條件反射地從床沿站起來。他肩膀上的手機摔在了地上，幸好地板上鋪著厚地毯，這支訂製的手機也足夠堅固。

「傑瑞？」電話那頭的肖恩聽到了動靜，「你那邊有什麼麻煩嗎？你還好嗎？」

傑瑞說：「沒什麼。算了，我不和你討論米莎了，你們愛怎樣就怎樣吧。你說得對，反正這又不是我的工作範圍……」

肖恩似乎根本聽不懂他語氣中的不悅，也可能是他雖然聽得出，但並不進行回應。他說：「好的。那麼你打這個電話，主要就是想討論米莎・特拉多嗎？」

「不是，還有一件事。」傑瑞的聲音也冷靜了很多，「我們又要準備結束『他』的誘導昏迷狀態了。」

肖恩停頓了一下，問：「怎麼，他確實好多了嗎？」

「好多了，起碼能肯定沒有生命危險了。」

「你們要先喚醒他，再轉移他嗎？」

「嗯，先喚醒。轉移還不急，上面還沒批准讓『他們』面談。預計明天上午他就會醒過來。」

「為什麼要以私人身分告訴我？」肖恩問。

「反正早晚也得告訴你。可能正式通知還沒到吧，你下午應該就能收到了。」

肖恩再次追問：「我懂。但你究竟為什麼要搶先以私人身分把這件事告訴我？」

傑瑞支支吾吾了片刻，不耐煩地嘟囔著：「哪有那麼多『為什麼』，我就算告訴你了又怎麼樣……」

肖恩說：「我想，我知道原因。我們四個人，可能還要加上瑟西・特拉多和她女兒，我們六個人有過共同的經歷，所以你覺得我們算是某種意義上的『同伴』。你總是想持續這種特殊聯繫，你會不由自主去這樣做。你的想法不是出於理性判斷，甚至有時你也知道自己的觀點站不住腳，但你還是忍不住投入感情。對嗎？」

還沒等傑瑞回答，肖恩馬上繼續說：「如果你有意願，你與我的親近當然是毫無問題的；與特拉多一家保持較為熟絡的關係，問題也應該不大。但是，不要再把那兩個人當作有特殊關聯的『同伴』了。他們和我們不一樣。你應該明白我的意思。」

傑瑞一手扶額，發出苦悶的低吟。

他也顧不得身上的汗漬，向後倒在床上，望著天花板，「你知道嗎？從那以後……我一直在討厭你。一直一直在討厭你。」

「我知道，」肖恩端坐在桌前，平靜地回答，「你說過永遠不會原諒我。我仍然記得這一點。」

「我要掛電話了。」

「稍等。」

「你還有什麼事？」

「是你先打給我的，竟然還問我有什麼事。」肖恩似乎輕笑了一下，傑瑞不確定是不是自己聽錯了，「有一份給你的包裹，送往了你現在住的公寓，預計明天清晨會送到。我預訂了精確的送達時間，那時候你應該還沒出門。如果明天包裹遲到，你已經出了門，寄送人員會把它存放在公寓管理員的辦公室裡。」

聽了這一串話，傑瑞有點呆滯，「什麼……你寄什麼東西給我？」

「一份禮物。」

「沒事送我禮物幹什麼？」

肖恩說：「明天是你的生日。」

放在任何人身上，如果自己的童年摯友清晰記得自己的生日，並且提前準備了禮物，這個人肯定會很感動。如果是善感的人，甚至可能會一時眼睛發熱，感動得說不出話來。

傑瑞也一時說不出話，也眼睛發熱。但他不覺得自己正在「被感動」。他只感覺到被某種沉重而冰冷的東西迎面擊中，導致他頭暈目眩，眼前黑沉沉的。

從十六歲之後，他只正式過過一次生日。那時應該是二〇一七年。他覺得自己仍然是十六歲，但按照通常意義上的時間標準，他應該是十八歲。他少了一個二〇一六年的生日。

傑瑞平安回家之後不久，凱茨一家搬到了新房子，位置在距松鼠鎮不遠的城市郊區。傑瑞的「十八歲」生日顯得有些特別，父母鼓勵傑瑞在新家辦個派對，請一些要好的同學來，他拒絕了。最後，父母還是請了一些鄰居，有幾個遠親也專門從其他州趕了過來。

生日派對上，一開始傑瑞還儘量維持著正常，當父親以「劫後餘生」、「感謝上蒼」的調調說起二〇一五年松鼠鎮的一件件失蹤案時，傑瑞當著所有人的面崩潰了。

他衝出家門，下意識地想跑去肖恩家。他沿著陌生的街道奔跑，一直到氣喘吁吁，他才慢慢清醒過來——我已經不在松鼠鎮了，而且，就算我在，我也不想去找肖恩·坦普爾。

我不想，我不想，我一定不想見他。

從那以後，傑瑞再也不過生日。獨居之後，傑瑞每年的生日都是在工作中度過，這一天變得毫不特殊。

幾年前，他與肖恩重逢了。他們必然會重逢，因為他們在追尋同樣的東西。之前肖恩並沒有提過關於生日的話題。

「為什麼……」傑瑞輕聲問。

「你是說為什麼送禮物嗎？」肖恩說，「大概是因為……這個生日比平時特別一些？明天是你的三十歲生日。我知道，在你的個人感受裡，其實這應該是二十八歲生日。我們都少了兩年……或許也可以理解為多了兩年。不過，畢竟社會意義上的你是二十九歲，明天你就滿三十歲了。」

傑瑞面無表情，很緩慢地點頭。隔著電話，肖恩看不見他的動作，只能感受到他的沉默。

「好……我知道了。我要掛電話了。」傑瑞說。

「好的，回頭再見。」

掛上電話後，傑瑞呆呆地坐了很久。今天他休息，他的每個休息日都是這樣度過的。一個人待在家裡，隨便吃點什麼，整天頭腦放空，什麼也不做。

二〇一七年的時候，他覺得自己仍然是十六歲，他的模樣也確實和十六歲時一樣，比如說……一點都沒長高。但是按照「正常」的標準，他已經十八歲了。畢竟他失蹤了兩年。

二〇二四年，他在名義上是二十五歲。他作為受訓實習人員參與了一次意料之外的行動，在追蹤終端機和探知儀器的協助下，他再次見到了仍然是二十五歲的異母哥哥——萊爾德・凱茨。

明天他就要「三十歲」了。明天萊爾德將再一次從誘導昏迷中甦醒。

傑瑞苦笑著想到：那人比我大九歲，但明天的我們都是三十歲。

SEEK NO EVIL

CHAPTER THIRTY EIGHT

【歡迎回家】

二〇一五年，松鼠鎮與聖卡德市接連發生了數起失蹤案，失蹤者中包括一名服務於國防機構祕密單位的特務，此人被授命長期調查此類事件。

從二〇一七年至二〇一九年，接連有四名倖存者被找到。他們每個人都有關於那名特務的記憶，有的是在自己遇到危險之前，有的是在走入不該存在的門之後。對於此特務的身分與工作內容，四人均不知情；對於此特務的具體下落，他們同樣毫無頭緒。

四名倖存者回家的消息僅被其親友知曉，沒有被任何媒體報導。相關工作人員表示這是對他們的保護，以免他們今後的人生受到干擾。

二〇一七年三月的某天，松鼠鎮的愛芙太太有一隻狗走失了。她養了三隻吉娃娃，每隻歲數都不小了，是三隻凶暴的中老年犬，被當地青少年戲稱為迷你地獄犬。

當日凌晨，愛芙太太被犬吠聲驚醒。三隻凶暴的中老年犬經常狂吠，但通常不會在這個時間吠叫。現在外面安安靜靜的，有誰會惹到牠們？松鼠鎮幾十年沒出過盜竊搶劫之類的案件，所以愛芙太太也不怎麼害怕。她猜想應該是院子裡跑進了別的動物，比如放養的貓咪什麼的。

等到愛芙太太披著衣服來到院子裡，狗已經不叫了。三隻吉娃娃少了一隻，剩下的兩隻蜷縮在花花草草的陰影下，死死盯著爬滿藤蔓植物的那堵牆。愛芙太太對自己的狗很瞭解，牠們誰都翻不過那面牆。她在附近找了一圈，怎麼也找不到失蹤的那隻狗。

愛芙太太在小鎮裡貼了尋狗啟事，最後一無所獲，只能不了了之。她當然很傷心。只可惜吉娃娃不會說話。剩下的兩隻小狗只能用凸出的、水汪汪的眼睛看著主人，卻不能陳述出同伴的失蹤過程。《巴別塔之犬》裡的訓練法是不會成功的。

同一天中午，兩名警官在執行任務途中，開車經過位於巴爾的摩與華盛頓之間的某條僻靜路段。

警官在路旁發現一名衣著古怪的年輕男子。他穿著類似屠宰用防水衣的連身裝，衣服破破爛爛，透過巨大的破口，能看到內層的卡通造型家居服。男子意識很清醒，但身體比較虛弱，在他的指引下，警官們發現不遠處還躺著另一名青少年。

他們二人被帶回警局。經過詢問和比對，警方驚訝地發現，這二人竟然是二〇一五年著名連環失蹤案中的兩位當事人。

二〇一五年的四月到五月期間，松鼠鎮裡有四名青少年接連失蹤。過了這麼久的時間，人們普遍認為他們已經凶多吉少……誰也想不到，兩年後的這一天，他們之中的兩人竟然突然出現在這裡。

兩名青少年被送往醫療機構進行檢查。在這期間，有更加專業的機構介入此事，當地警方從案件中徹底撤出。

兩人身上的外傷不嚴重，比較令人驚訝的是他們的腦部檢查結果。

傑瑞．凱茨被檢查出嚴重的腦炎，中樞神經也出現了損傷。他的父母接到消息後趕到了他身邊，但他有嚴重的意識障礙，無法與父母溝通。醫護人員本來以為情況不妙，在一段時間後，他的狀況卻又出現了奇跡般的好轉。

肖恩．坦普爾雖然神志清醒，肢體有力，但他的情況比傑瑞更加駭人。透過檢查發現，他的腦額葉和杏仁核均受到了一定程度的破壞。

他的頭部外表上沒有任何傷口，從檢查結果來看，他的損傷又不像是因為自身的病變。醫療團隊對此有各種猜測，有人認為是某種實體穿透了黏膜和結締組織，在顱底找到一處薄弱接縫，從此處抵達了杏仁核；也有人認為是施術者使用了某種微小的儀器，讓它通過視神經孔，或者篩骨板，還有人認為是通過內耳……但無論是哪一種，照理來說，都會在肖恩身上留下更多損傷，比如失明、骨折、內耳和神經的破壞等等。而肖恩看起來並沒有這些方面的問題。

甚至可以說，肖恩根本就不像是有受到嚴重腦損傷的人。他的認知能力正常，情緒穩定，十分配合醫療檢查，還對人很有禮貌。醫療團隊能查到的類似病例並不多，無論其中哪個，都和現在的肖恩並不相似。

因為他過於「正常」，有很多更加奇怪的地方在一開始都被忽視了。直到肖恩的母親和一些其他親屬趕到他身邊，他們才漸漸指出肖恩身上的異常。

用他母親的話來說——「這個人好像根本不是我的兒子」。

對肖恩本人的詢問也沒有結果。如果普通醫護人員問起他失蹤期間的經歷，肖恩一開始會故意帶開話題，如果實在無法迴避，他就明確表示：他並不是非要隱瞞，而是需要和其他人談。

又過了些時日，肖恩被帶往另一機構，與權限更高的部門進行面談。等他再回到病房，醫務人員主動減少了和肖恩的溝通，他們只默默做好眼前的事，再也不會詢問任何與「失蹤期間」有關的問題。

同年晚些時候，肖恩和傑瑞基本上都已經恢復健康，並被允許和親人回到家中。在回家之前，他們都經歷過了特殊的面談。

之後，他們與相關部門建立起長期的合作，在生活之餘接受定期訪問、定期檢測。

二〇一九年十一月某日，失蹤四年多的瑟西・特拉多、米莎・特拉多同時出現在聖卡德市。

當時是傍晚，小女孩站在人來人往的街邊，身邊躺著她的母親。目擊者均感到疑惑——沒人看到她們兩人是何時出現的，在不知不覺中，人們的視線稍微移開，再轉回來，路邊就多了兩個人。

當晚母女二人由警方送往醫院。瑟西・特拉多的丈夫在次日凌晨得知了這一消息，一開始他並不激動，他認定這只是認錯人的誤會，當他被接到醫院，親眼看到妻子和女兒時，他在撲向她們的過程中當場昏了過去。幸好他很快就恢復了意識，經檢查並無大礙。

瑟西不記得失蹤期間發生的事，只記得自己與女兒遭遇了某種危險。米莎比母親記得的多一些，接受特殊詢問的時候，她以一種超過年齡的成熟態度回答了大部分問題。即使如此，她能夠提供的線索也不夠清晰，不足以查明失蹤案背後的真相。

瑟西的身體足夠健康，比當初傑瑞和肖恩的情況好很多。米莎也沒有明顯的健康問題，唯一令人擔憂的是，照理來說今年她已經十一歲了，但她的外貌看起來仍然只有七歲。人們認為這是經歷苦難、營養缺乏造成的。

醫療團隊認為母女倆的失憶症狀有可能是精神原因造成的，並為她們申請了催眠治療，幾年之後這一建議才被批准，而且收效甚微。

二〇二四年，傑瑞·凱茨作為實習人員，與另外十幾名同事來到一段僻靜的小路附近。這一帶位於巴爾的摩與華盛頓之間，正是當年他與肖恩·坦普爾被人發現的地方。

幾年前，相關機構仔細分析了傑瑞與肖恩陳述的個人經歷，決定在離此地不遠處建立起一座簡易的監測站。

很多工作人員對這一決定不抱什麼希望，畢竟大多數人都不知道自己要監測的是什麼，也不知道到底應該注意哪些讀數變化。

二〇二四年十月的某天，監測站收到了強烈的訊號，是可追蹤藥劑產生的回饋。萊爾德・凱茨曾經成功將藥劑注射入來自「不協之門」的生物體內，這一訊號可能就是來自那次注射。

十幾人的搜索小隊帶著手持終端機出發了。行進到某區域時，每個人的手持終端機警報聲都變得極為急促，這代表他們追蹤的事物幾乎近在眼前。

那時候，不僅是傑瑞，小隊中的每個人都不太能理解一件事：為什麼要讓追蹤終端機發出如此刺耳的聲音？就不能設計成更安靜、更隱蔽、更令人舒適的提示方式嗎？為什麼要這樣設計它？是此類產品的沉痾，還是故意設計成這樣的？

後來傑瑞才漸漸明白，它就是必須發出這樣的噪音。而且不能是平穩的噪音，必須是急促、高分貝、令人難以忽視、令人心生煩躁的噪音。因為它的作用不僅僅是「提示你」，還有「打擾你」。

當你順著它的提示，找到被追蹤的對象時，你可能會看到永遠想像不到，也永遠不想看到的東西。這不僅僅是視覺意義上的「看」，更接近於察覺、辨識、沉浸。越是靠近目標，追蹤終端機的聲音就越會打擾到觀察者的專注。因為它不僅僅是聲音，更是一根「安全繩」。

其中的理論就類似於……如果你的老媽老爸或配偶正在你耳邊發飆，隔壁房子裡的電動鑽頭正在瘋狂怒吼，那麼你就很難將身心都沉浸於眼前的景觀。無論那景觀是美好的風景、迷人的畫作、體驗極好的遊戲，或是無比幸福的夢境。

追蹤終端機要將人帶到某種東西面前，既要讓他們直接看到它、感知到它，又要儘量讓他們不要過度沉浸於所見之物。聽起來挺矛盾的。目前為止，他們只能在矛盾中儘量謀求平衡。

當然，一開始需要有某人先見過被追蹤體，並且對它注入藥劑，終端機才能對目標進行追蹤。這個人動手時，他身上是毫無保護的，就像曾經的萊爾德．凱茨。但在後續行動中，拿著追蹤終端機的不一定還是注射者，即使不能保護注射者，「安全繩」能多保護幾個人也是好事。

近些年裡，追蹤終端機和與其相關的設備又有了些改進，據說敏銳度更強，「安全繩」提示音裡還加入了具有心理暗示功效的高頻率聲音。

在二〇二四年十月的這次行動之後，傑瑞才真正體驗到噪音的必要性。他透過親身經歷認可了其中道理。

那天，他們找到的並不是一開始認為的目標，不是與萊爾德接觸過的那個生物。

他們見到的是萊爾德本人。

二〇一五年的時候，萊爾德在進入「不協之門」前也替自己注入了可追蹤藥劑。這麼多年過去，照理來說藥劑在人類體內早已代謝完畢，但萊爾德身上的藥劑仍能引發示警。

萊爾德的出現本該是好事。他不是問題，真正的問題，是他身邊的那個實體。

沒人知道該稱它為什麼……生物？物品？好像都不太對。

當這一景象闖入視野，搜索小隊當場潰不成軍。有的人轉身就逃，有的人無視命令直接拔出槍；有的人保持著一定理智，阻止了試圖射擊的同事，但自己並不敢做出更多行動；有的人尖叫著匍匐在地，還有人做出毫無道理的行為，比如攻擊同事，用匕首傷害自己等等。

每個人都被無法形容的恐懼碾壓著，沒人能說出自己到底在害怕什麼。即使是影視或電玩中最噁心的怪物，身上也會有現實存在的事物的影子，而他們看到的東西不是這樣……人們回顧過往的人生，提取不出任何關於這個形象的經驗。

開槍的同事全部陣亡。傑瑞根本沒看清他們是怎麼死的。有些人在痛苦地掙扎，只有少數人還能保持一定程度的冷靜，他們一致決定撤退，當然也要盡可能救助崩潰的同事……

在所有人之中，只有傑瑞向著那個實體走了過去。

他把胸前的追蹤終端機拿下來，貼在耳邊。那種聲音不但尖銳、急迫，而且完全是劈裂感的音質，如果被這聲音圍繞超過一小時，任何人都肯定會被逼瘋。

但這對當時的傑瑞來說剛剛好。

他努力把兩個念頭留在腦子裡：是萊爾德，萊爾德回來了。這聲音真他媽噁心，煩死我了。是萊爾德，萊爾德回來了。氣死我了，我要瘋了，錄音的和調音的是誰，真應該抓著他的腦袋撞牆。是萊爾德，萊爾德回來了。煩死人了，我寧可左鄰右舍都在裝修也不想聽這個……

恍惚之間，他好像又看到愛芙太太家的小院子。當年他「回家」的時候，也看過這個地方。

在崗哨的方尖碑頂端房間裡，他和肖恩一起爬上了布滿植物的矮牆，從上面跳進院子……但他們沒有出現在松鼠鎮的愛芙太太家，而是出現在這裡——華盛頓與巴爾的摩之間的某處，和現在萊爾德所在的是同一個地方。

當年在他離開之前，萊爾德對他說：「如果你能回到家，之後就不要找我們了。」

他沒有同意。他不太記得自己是怎麼回答的，反正他沒有同意。

其實不只是他，肖恩也沒有放棄尋找那幾個人。不僅是萊爾德、列維、瑟西和她女兒，還有艾希莉和羅伊。

雖然對現在的傑瑞來說，與肖恩相處是一件非常難受的事情，但他還是得承認，肖恩確實一直在為此而努力。只可惜他們並沒有做到，這麼多年裡，他們基本上沒有進展。

現在，他竟然偶然地看到了萊爾德，無論這是真實還是幻象，他都必須朝萊爾德走過去。

離開松鼠鎮、離開父母、離開肖恩之後，傑瑞越發能夠理解曾經的萊爾德。他的哥哥在十歲時就被迫離開了家，然後一直想回去，一直無法回去，一直沒有人想接他回去……直到最後，連他自己都放棄了這一點。

在噪音和充斥視野的恐懼之物中，傑瑞漸漸走近自己的異母哥哥。他努力不看別處，只盯著萊爾德身上的無數傷口，即使它們再駭人也沒關係，他正好可以順便觀察它們的情況，讓注意力不被別的東西牽走。

他向前方伸出手——現在我是個成年人了。代表凱茨家的不僅是我們的父親，還有我。我來接你回去。

出乎意料的是，萊爾德身邊的不明實體並沒有發動攻擊。

它接觸了傑瑞，傑瑞沒有感覺到疼痛，肢體也沒有缺損……所以它應該是沒有攻擊他吧。傑瑞聽到了一些無法理解的聲音，像樹葉的沙沙聲，或者掌心用力摩擦的聲音，還有點像電流聲。他沒辦法形容那到底是什麼，因為他聽不清楚，追蹤儀器的噪音快把他的腦子占滿了。現場不僅有他耳邊的追蹤儀器，更遠一點的地方，同事們丟下的幾個追蹤儀器也在不停鳴響。

傑瑞碰到了萊爾德，但他不知道該怎麼接過這具身體……萊爾德身上的傷讓人不知道碰哪才好。那個不明實體似乎也沒打算放開萊爾德，傑瑞不知所措，大腦漸漸變得一片空白。

不知什麼時候，他失去了意識。也許是大腦的負擔太重，像機器一樣暫時當機了。

幸好，追蹤終端機還有另一個功用，也是它的主要功用：把記錄到的資訊即時傳送給相關部門。在傑瑞昏倒大約一分鐘後，增援的正式部隊已經趕到了簡易監測站。

後來的事情，傑瑞沒有親眼目睹。聽說本來正式部隊也毫無辦法，而一切的轉機，出現在萊爾德甦醒之後。

萊爾德發出了一點聲音，似乎是在說「不應該回來」之類的。有幾個士兵距離不明實體較近，他們聽到了，但只能辨識出一點詞彙。

接著，令士兵們大惑不解的情況出現了。前一秒他們還手足無措，喪失冷靜，甚至有人四散奔逃，這時，當有人無意間避開目光，再看向同一個方向，卻沒有看到那個不明實體。

他們看到的只有萊爾德，以及一個陌生的棕髮男子。在這之前，誰都沒看到現場還有這麼個人。

陌生男子把渾身是血的萊爾德抱在懷裡，他們兩人旁邊，躺著昏迷的傑瑞．凱茨。棕髮男子一點也不客氣地把傑瑞的制服夾克脫了下來，蓋在了萊爾德身上。他大概是想讓失血過多的人保持溫暖。

在士兵嘗試與他們互動時，行動隊負責人接到了一道即時命令。於是士兵服從命令，未進行溝通，直接以非致命武器將棕髮男子擊昏。

萊爾德．凱茨與其他受傷人員被立即送往醫療機構，棕髮男子則被單獨轉移至機密設施。這期間一切順利，那個無法描述的不明實體沒有再次出現。

經過確認，眾人所見到的棕髮男子名為列維．卡拉澤，是一九八五年辛朋鎮事件的倖存者。他成長於一間兒童福利機構（現已解散多年），成年後一直處於無業狀態，在社會上幾乎沒有留下什麼個人軌跡。有證據認為，他一直為名為「學會」的神祕學組織服務，掌握許多尚不為外界所知的祕密。

為充分確認此人身分，在傑瑞恢復健康後，他被叫去對列維進行辨識。

他有點猶豫，但還是去看了一眼列維。他沒有再看到奇怪的東西，看到的就是列維本人。列維和多年前一模一樣，只是現在穿著囚犯般的服裝，半長的頭髮也沒有綁起。

肖恩也被要求去辨識此人。面對這個命令，肖恩竟然罕見地表示了反對。

肖恩認為，傑瑞可以去，其他工作人員也可以，但唯獨是他……他與傑瑞不一樣，他絕不能去直接面見列維．卡拉澤。

有人陪伴他也不行，他單獨面對列維也不行，除非滿足以下條件：讓他獨自一人在絕對封閉的空間裡面對列維，會面結束後，他將不提起任何與列維有關的話題，不能側面談及，也不能暗示，就像徹底沒有這件事一樣。

這個要求其實不難做到，可問題是，如果只是讓他看一眼，然後他什麼也不表示，那安排這種見面又有什麼意義？

肖恩特意強調，這不是因為他恐懼此人，而是這麼做會引起極大的麻煩，甚至有可能成為災難。當被詢問原因時，他不肯回答，他說貿然解釋原因也有可能會引起同種災難。

但他也說，其實他可以給出解釋，只是不能簡單粗暴地在現在就解釋。他們應該協調各方，進行一些有必要的前期準備，他會在安全的環境下配合調查。

肖恩的上級不相信。上級讓他服從命令，必須去面見列維・卡拉澤。肖恩抗辯不過，同意了會面，但他又提出了一個要求：將還在接受治療的萊爾德帶過來，或者至少將萊爾德喚醒，並且在現場準備好即時視訊通話。

當時，萊爾德傷勢過重，且和當年的傑瑞一樣出現嚴重腦炎，他已經被執行了誘導昏迷。考慮到他的身體情況，以及他的珍貴程度，上級不同意將萊爾德轉移到列維・卡拉澤的所在地，但可以對他安排一次喚醒，並且準備好即時視訊通話。

事情發生時，傑瑞不在現場。

據說，當時列維坐在偵訊室裡，雙手被銬在桌面上，腳上也戴著鐐銬，身邊站著兩名持槍警衛。肖恩將與他隔著一道單向玻璃見面，列維在屋裡坐了很久，根本不知道玻璃另一端何時有人。

一名長官與肖恩前後進入了房間。一開始肖恩低著頭，這幅消極而畏縮的態度與平時的他簡直判若兩人。在長官的命令下，肖恩還是不可避免地看到了列維・卡拉澤。

這一瞬間，長官從椅子上跳起來，緊緊貼在牆壁上，尖叫著：「那是什麼！」

單向玻璃的另一邊，兩名警衛同時開槍，也同時被龐大而黑暗的東西緊緊擠壓在牆壁上。尖叫的長官笨拙地拔出配槍，試圖向玻璃射擊，肖恩立刻將他制服，把槍推到較遠的角落。在場的所有人裡，只有肖恩還完全清醒，並且保持著冷靜。

除了現場，還有一些工作人員透過監視器在觀察情況，他們也觀察到了同樣的東西，並且也有人當場崩潰。但他們的總體情況要比現場人員好一點，能保持基本清醒的人更多一些。

人們看到，那東西占滿了整個房間，沒人能說出它是什麼，或像什麼，沒人能分辨出它的生理結構。

它有的地方是堅硬的，有的地方較為柔軟；有的地方很密集，有的地方很廣闊，有的地方很尖銳，有的地方很清澈；有的地方看著你的眼睛，有的地方看著你的背後；有的地方像是某種曾見過的生物，但沒人能想起是什麼；有的地方超越了室內空間本身的大小，但又可以被房間容納。

應急備案被及時啟動，房屋內出現一道投影影像。畫面中是身在另一機構的萊爾德。他已經被提前喚醒。

萊爾德身在一大堆複雜的維生設備中，被醫療束縛器具固定住，床頭被稍稍升高，方便他看到對面。螢幕同側坐著一名醫生，兩名特務。根據事先收到的命令，他們全程面向萊爾德，絕對不去觀察螢幕畫面。

萊爾德並不是十分清醒。起初他有些抗拒，掙扎了幾下，與此同時，螢幕裡傳來了一些聲音。

在後來的報告中，醫生認為那是男性低聲說話的聲音，但聽不清內容；一名特務認為是野獸的喉音，另一名特務認為是從窗縫裡傳出的狂風聲音。

不論那是什麼。萊爾德看了螢幕片刻，臉上漸漸顯露出疑惑的神色。他平靜了下來，試圖對螢幕說話。螢幕能對病房傳出聲音，但病房這邊並沒有麥克風，即使有，萊爾德渾身都是各種管線和貼片，臉上還帶著面罩……他根本說不了話。

在這期間，肖恩帶著昏倒的長官匆匆離開了房間，他把長官安置在相對安全的角落，再繞到單向玻璃另一邊的入口，打開門，拔出電擊槍，將兩個癱在牆角的警衛徹底擊昏，然後退出房間。在更多警衛趕來之前，他從另一處出口離開，直接趕往機構指揮中心。

在後來的報告中，肖恩解釋了自己的行為：不是為了躲避麻煩，而是為了不與其他警衛見面。他認為這樣更有利於讓警衛們完成任務。

在肖恩擊昏室內發瘋的警衛時，列維．卡拉澤仍然被銬在桌上。他驚訝地盯著肖恩，一句髒話還沒罵完，肖恩已經像風一樣地離開了。

在其他人趕來之前，列維先是大吼大叫要肖恩回來，喊著什麼「我認出你了不要假裝沒見過我」，然後又重重地嘆氣。他試圖對著視訊投影問話，當發現對面的人可能沒有麥克風時，他氣呼呼地嘟囔了幾句，表情十分凝重。

另一波警衛和幾名技術人員很快就到達了。這批人一開始便在附近待命，既不在指揮中心，也不在第一現場，而且都沒參加過之前的行動。他們誰都沒見過剛才的不明實體，甚至不知道它的存在。

抵達之後，他們看到的「目標」就只是被銬在桌子上的列維・卡拉澤而已。要是非要問這個「目標」有什麼特殊之處，他們只能勉強概括出：這個人顯然非常生氣，而且非常困惑。

那些事都過去了很久，現在一切已經暫時平靜下來。那次由「會面」引發的事故受到極大重視，肖恩一直積極地參與後續調查。

傑瑞對那件事所知不多。他有他自己的任務，有些事情他無權過問。

昨天，肖恩在電話裡說要送傑瑞生日禮物，包裹會在早晨送到，送達的時間會保證在傑瑞出門之前。於是第二天一早，傑瑞提前一小時起床，匆匆離開了家。

傑瑞一邊鎖門一邊唾棄自己，一大堆念頭在腦子裡盤旋。生日禮物是善意的，肖恩也是善意的，肖恩的變化不是他本人的錯……那時候，他手裡的碎冰錐、電擊設備、無法溝通的態度……這些明明都不是他本人的錯。都怪那些詭異的腦損傷，都怪那個被叫做第一崗哨的地方，都要怪「不協之門」……可是為什麼，我就是沒辦法面對他？我就是沒辦法原諒他……

這麼多年來，傑瑞一直不願意主動與肖恩溝通。因為每次他們見面交談，接下來的幾天裡，傑瑞就會時時刻刻被以上那些念頭折磨。

這種折磨會持續很久，直到傑瑞遇到工作或生活上的其他困難，這些困難奪去他的注意力，他才能暫時解脫。

他看到肖恩就難受、害怕、排斥。他一邊排斥肖恩，一邊又厭惡作此反應的自己。

在松鼠鎮的老家裡，他還留著很多兩人小時候的東西，比如肖恩送他的樂高零件，兩人共用的電玩主機和光碟……他捨不得丟掉它們，但又根本不能去看它們，即使只看上一眼，當晚他就得在頭痛中整宿失眠。

如今，肖恩竟然又要送他禮物，還要直接送到他現在的住處……

於是傑瑞經過深思熟慮後做出決定——今天絕不能在上班之前看到它。它會影響他一整天的狀態。

今天他要面對一件大事。今天，萊爾德將再一次從誘導昏迷中被喚醒。這次與以往不同，萊爾德的身體狀態在逐漸好起來，現在他已經沒有生命危險了，如果沒出什麼意外，他應該可以保持長期清醒。

雖然傑瑞與萊爾德有血緣關係，但高層人員認為他不必避嫌，這層關係反而會為他的工作增添優勢。傑瑞也認可這個判斷。等萊爾德再次醒來，並且狀態穩定之後，傑瑞將長期負責與他溝通合作。

傑瑞的上班路線頗為迂迴。他先乘坐公共交通工具，抵達有點偏僻的某個車站，再徒步幾分鐘，在工廠停車場裡找到一輛毫不起眼的老舊商務車，那是他和另外兩名員工的短途接駁車。

他不會開車。不是不擅長開，是他根本沒有駕照，也不可能去考駕照。從「門」裡回來之後，一些後遺症伴隨他至今。他的左右手經常不協調，幾乎無法完成攀爬、球類運動動作、舞蹈動作等等。他仍然可以手寫文字，但雙手打字速度極慢。他仍然可以流暢地講話、思考，但如果要一邊講話一邊讓雙手進行其他活動，他就要嘛必須暫停話語，要嘛手頭上一塌糊塗。

這一切後遺症，很可能是因為多年前他吃的那四片藥。藥是列維・卡拉澤的，當年接受詢問時，他不記得它叫什麼，肖恩卻還記得，它被稱為神智層面感知拮抗作用劑。

醫療部門在幾十年前接觸過類似藥品，當年的樣本也來自被稱為「學會」的組織。傑瑞服用的版本大概經過了改良，由於沒有完整樣本，醫療部門也很難給出嚴謹的診斷。

即使是這種藥的舊配方，也一直屬於高級別機密；即使傑瑞都吃過它了，醫藥部門也不能把藥的具體原理告訴他。傑瑞只知道一些寬泛的表面結論：通常情況下，一片藥就能引發服用者某些很明顯的反應，每天連續服用會帶來極大的健康風險。萊爾德也服用過這種藥，而且不只一次，藥品多半也會對他造成一些影響。但他至少是分次服用的，而傑瑞一次就吃掉了四片。

傑瑞並不怨恨這四片藥。當時如果沒有它們，他就要被肖恩電暈過去，被尖銳的東西探進腦子裡……他的腦子會變得比肖恩的更糟糕。肖恩的「手術」是由某個不明生物執行的，那生物破壞了肖恩腦內的相應區域，卻幾乎沒造成其他部位的創傷，而肖恩肯定沒有同等的技巧去為別人動手術。

藥帶給傑瑞的最大煩惱就是，每當他認識新的工作伙伴之後，他經常會因為後遺症而製造出一些尷尬場面，然後他得一次又一次解釋原因。

當他無法一邊吃飯一邊聊天的時候，當他非常緩慢地敲鍵盤的時候，當他看檔案的同時把自己絆倒在樓梯上的時候……他周圍都是健全的同事、身體素質良好的特務，一旦得知了原因，他們都會表示關懷，表示理解，但傑瑞能夠敏銳地察覺到，從這一刻起，他們看他的眼神就變得不一樣了。

他們不是在看著「一位同事」，而是看著「一個有著特殊經歷的罕見觀察對象」。

今天也是如此。

接駁車將傑瑞按時送達目的地，這是他調動過來的第一週。傑瑞走過每一道門，遇到每一個剛眼熟起來的面孔，他的每個新同事都在極力克制自己……傑瑞仍能從他們的眼神中看到鮮明的好奇心。

傑瑞不是很排斥這一點。這是正常的。當年萊爾德的生活大概也差不多，他整個少年時代都是在這種目光的包圍下度過的。

在傑瑞抵達崗位之前，萊爾德已經被喚醒了，但他還暫時不能與傑瑞見面。他從漫長的昏睡中醒來，需要一點適應時間，醫護人員也要確認他的狀態是否穩定。

為了與萊爾德的面談，傑瑞這幾天一直沉浸在各種相關資料中。這麼多年來，他隔著玻璃看過萊爾德很多次，但還沒有和萊爾德說過話。

下午三點多，傑瑞終於接到通知，萊爾德的狀態不錯，他們可以進行面談了。面談地點在病房裡，萊爾德還不能下床。到時候，醫護人員會全部撤出，如無呼叫不得入內。在傑瑞與萊爾德談話的同時，房間內的監控設備會把即時畫面傳輸到上級面前。

下午四點整，傑瑞走進十分寬敞卻沒有窗戶的病房。

病床前的簾子是打開的，他站在門前就能直接看到床上的人。一點緩衝餘地都沒有。傑瑞刻意控制了步伐的輕重，想營造出平靜輕鬆的氛圍。

護理人員已經在床邊準備了一張椅子。在坐好之前，傑瑞沒有出聲，他必須完全坐定，調整到比較舒適的姿勢，才能有足夠的力氣抬起頭，近距離看著病床上的人。

雖然剛從昏迷中醒來，萊爾德的狀態也比前段時間好多了。醫療團隊精心安排著他的營養攝取，護理人員也十分細心盡責，不僅保持他的身體清潔，連鬍子也幫他刮得乾乾淨淨。

因為長期臥床，再加上極少進食普通食物，萊爾德無法避免地比從前瘦弱很多。從前的他喜歡弄那種老派的髮型，把頭髮向後梳得服服貼貼，再配合上古怪的衣服，活像黑白恐怖電影裡的角色；現在他沒有講究造型的條件了，護理人員的剪髮技術也十分堪憂，他的頭髮凌亂地散在枕頭上，似乎連顏色也比過去暗淡，從陽光下的金色絲線，變成了淡色的稻草。

他的面孔倒是和過去沒什麼區別，長相幾乎還是五年前那樣……嚴格說來，早就不只五年了。但傑瑞很清楚，從二〇一五到二〇二四年之間，這段時間對萊爾德來說其實是不存在的。

「嘿，」傑瑞坐下來一段時間後，終於開了口，「感覺怎麼樣？」

萊爾德從剛才就看著他，現在微微皺起了眉。

他的目光投過來，傑瑞立刻避開了視線，然後才柔聲問：「你能認出我嗎？」

之前醫護人員已經為萊爾德做了一些測試，認為萊爾德已經可以與人溝通了。確實如此，萊爾德開口說話時，他的喉嚨一點也不乾澀，聲音也很正常。

他看著傑瑞，用很輕的聲音說：「我有個問題……」

「你說。」

「你是真的近視，還是像我從前一樣戴著平光眼鏡？」

傑瑞一愣，伸手摸了一下鼻子上的鏡架，「噗嗤」一聲笑了出來，「挺好的，看來你還認識我。」

「所以你不打算回答我嗎？」萊爾德說。

「我是真的近視。」傑瑞說，「嗯……在我來之前，醫生已經和你談過一些基本的情況了吧？比如你的狀態、現在的日期什麼的。」

萊爾德說：「是的，他們也和我聊過一些事了。真可怕，都到二〇二九年了，我穿越時空了。」

沒等傑瑞接話，他又自言自語道：「其實也不至於是穿越時空……畢竟中途我也有清醒的時候。我早就知道是什麼情況了。」

傑瑞說：「以防萬一，我還是得問你。我叫什麼名字？你得說出來。」

「你是傑瑞，我同父異母的弟弟。如果你沒有和人結婚並改姓的話，你應該還是姓凱茨。」

傑瑞笑著點點頭。萊爾德說起話來和過去一模一樣，他有種恍若隔世的感覺。

「我也想問你一些問題，」萊爾德說，「我們現在在哪？」

傑瑞說：「這個……我不能告訴你。」

「我猜猜，是不是在內華達州沙漠裡，一座乾涸的湖床下面？」

傑瑞搖頭。他很努力地控制了一下表情，不想讓萊爾德看出什麼。他們當然不在內華達州的沙漠裡，但不久之後，萊爾德很可能要被轉移過去。與萊爾德同時出現的另一個人現在就在那邊。他比萊爾德危險得多。

萊爾德微噘著嘴，「竟然不是嗎……哦！難道我們在格林布雷爾，地下兩百米的那個地方？」

這個倒是可以說。傑瑞搖頭道：「不是，我們早就不用那個地址了。別猜了，我不能告訴你。等將來得到准許了，你自然會知道的。」

於是萊爾德果然沒有再問。他躺在那，靜靜地盯著傑瑞看了片刻，說：「聽你這樣說話真怪。你在這裡是做什麼工作？這個能說嗎？」

「和你過去一樣。」傑瑞說，「嚴格來講，比你當年的職位好像還要高一點點。」

萊爾德做出輕輕嘆息的樣子，「哦……大概懂了。那我呢，我已經被他們炒了嗎？」

「沒有。不過，也許算是降職了吧。」

「嘖，真傷心。」

傑瑞瞄了一眼手裡的影印紙。由於身體原因，現在他不喜歡在需要思考時操作電子設備，他覺得用紙張更簡便。紙上有一句提前準備好的話。上級交代過，在這次面談中，他必須對萊爾德正面陳述出這句話的意思。

「你仍然非常重要，」傑瑞說，「我們仍然要保持深入合作，但是，我們不再默認信任你。」

萊爾德一點也不覺得意外，「很合理。我知道原因。進入那扇門之後，我一直在消極對待任務。他們肯定看出來了。」

傑瑞說：「但我個人仍然信任你。」

萊爾德笑了一下，沒有針對這句話做出回答。

「好吧，」萊爾德說，「那麼來吧，記者凱茨先生，你是不是準備開始正式採訪了？」

「也沒那麼正式，」傑瑞又被逗笑了，「我只是先和你聊一聊，用不了很久。將來還會有很多人來『採訪』你呢。他們比我更資深，更專業。」

「作為一個大牌人物，你想採訪我，得先同意一個條件。」

「你說。」

「我回答完一個問題，你就也得回答我一個問題。」

傑瑞說：「只要是我能答的，就可以。」

萊爾德迅速說：「那由我先開始。」

傑瑞無奈地點點頭，「好，你問吧。」

「傑瑞，你背後有什麼？」

傑瑞既沒有回頭看，也沒有回答。他避開了萊爾德的視線。在他看來，萊爾德的目光中有一種令人不安的東西，像是擔憂，或好奇，又或者是某種熱忱？

剛才萊爾德問他「你背後有什麼」……結合萊爾德的神色來看，這句話並不是在嚇他取樂，更不是惡意恐嚇。萊爾德是真的對此感到疑惑，想從傑瑞口中獲取一個答案。

傑瑞久久不回答，萊爾德就一直看著他……或許是看著他身後。病房保持著靜默，只剩下傑瑞翻開下一頁影印紙的聲音。

過了片刻，傑瑞說：「我背後有一些儀器、地板、病房內的其他設施，還有房門和走廊。」

萊爾德問：「你知道我在問什麼嗎？」

傑瑞問：「這算是你的下一個問題嗎？」

萊爾德說：「不算，這只是我隨口一說。好，輪到你問了。」

傑瑞點點頭，照著影印紙上念道：「你去過辛朋鎮嗎？」

「你竟然先問這個？」萊爾德驚訝道，「我還以為你得反過來問我『在你看來，我背後有什麼』呢！」

傑瑞輕笑了一下，「我不會這樣問的。」

「為什麼？」

他們的提問規則有點被打亂了，現在根本不是輪流提問並回答。不過，傑瑞還是回答了。

「我接受過一些相關培訓。你剛才提的問題很可能是一種感知喚醒，屬於高危險行為，我無法獨自確認風險程度，所以不會去配合，也不會主動追問。」

「什麼玩意？」萊爾德一臉茫然詫異，「你說的是什麼？我沒聽懂……我怎麼就沒接受過這類培訓？」

傑瑞說：「對你來說，大概這些是新東西吧。萊爾德，從二〇一五年至今，已經過去十幾年了。對於像我這樣的……像過去的你一樣的工作人員來說，現在這類培訓是必不可少的。你當年確實沒有經歷過這些。」

萊爾德想了想，「你的意思是，這十幾年裡，我們對『那些事』的瞭解變多了？」

「是的。因為『那些事』發生得也更多了。」傑瑞說。

萊爾德愣了一愣。

傑瑞發現，他又在看自己身後。但傑瑞沒有過多地探究他的目光，更沒有嘗試回頭或側過頭。

「你說的『更多了』……是有多少？」萊爾德問。

傑瑞說：「你又在問我問題了。在這之前，你還沒回答我提出的問題。」

萊爾德皺著眉想了想，「是嗎……剛才你問我的是什麼來著？」

他好像是真的忘掉了……傑瑞觀察著他的眼神和細微表情，認為他並不是在玩什麼花招，他與人溝通起來就是這麼困難。

於是傑瑞重複了一遍問題，「你去過辛朋鎮嗎？」

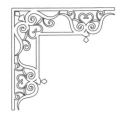

SEEK NO EVIL

CHAPTER THIRTY NINE

【混淆】

傑瑞花了好幾個小時才聊完所有問題。

他們從臨近傍晚，一直聊到夜幕深濃，誰也沒吃晚飯。萊爾德目前吃不了東西，是靠營養補充液維生的，而傑瑞習慣了不規律的生活，並且今天也沒什麼胃口。

其實傑瑞事先準備的問題不多，也不深入。他只是來進行初步溝通的，這次溝通更多是為了評估萊爾德的個人情況，而不是詢問他失蹤期間的全部經歷。至於那些更深入的東西，將來會有更資深的團隊來負責調查。

當年，傑瑞和肖恩也經歷過這類面談。他們已經把能提供的東西都吐乾淨了。萊爾德身上的祕密比他們更多，更複雜。傑瑞和肖恩的記憶比較連貫，陳述能力也正常，而萊爾德不是這樣。今天傑瑞強烈地感受到，與萊爾德溝通是一件非常困難的事情。

傑瑞原本以為一個多小時就能聊完重點，他還多抓了點時間，預計傍晚六點左右就能結束。他沒想到，這次的談話無比凌亂，萊爾德的注意力經常無法集中，並且經常使用與他過去人格不符的表達方式。

傑瑞的第一個問題，是問萊爾德是否去過辛朋鎮。在他的預設中，只要萊爾德能給出是或否的回答就足矣，他不準備一開始就深挖太多。萊爾德很配合地開口回答，但他沒有給出是或否的明確答案。

他先是描述名為《奧祕與記憶》的舊雜誌，雜誌的某期深入剖析了一九八五年的辛朋鎮事件。其實這本雜誌在機構內部早就不是什麼祕密了，傑瑞認識一個外勤人員，那人就是當年參與調查的記者之一。

萊爾德講到「女士站在窗前，看到四個青年失蹤」，這時突然話鋒一轉，說起一位名叫喬尼的中年男人，以及他的模樣、他的言談、他的尋人啟事、他的女友瑪麗．奧德曼……

萊爾德有時候稱呼瑪麗．奧德曼為「那個倖存者」，也有時候稱呼她「瑪麗」，還有時候叫她「那個信使」。他有的時候以分析者的旁觀視角講述辛朋鎮事件，有的時候又像是在以居民的身分自述。他還多次提到「姐姐」如何如何，說著說著又停下來，露出恍然大悟的表情，再度把話題轉回《奧祕與記憶》雜誌。這次他又提到一間圖書館，說起他當年是如何掌握列維．卡拉澤的行程，如何確定那間圖書館的特殊性……

萊爾德的思維很靈活，說話卻不快，而且沒什麼力氣，經常需要停下來休息一下。在他講述的東西中，有些是傑瑞和其他人早已知道的，也有些是尚不明確的。

傑瑞沒有強行打斷他的陳述，只是適當地加以引導，比如當萊爾德顛三倒四地詳細描述為嬰兒沖泡奶粉的過程時，傑瑞就得讓他回到還未講完的上一個話題。

「所以，顯然你們去過辛朋鎮，對吧？」傑瑞確認了一下他提問的核心。

萊爾德已經說了很多關於辛朋鎮的細節，但他說：「不，沒有。」

「什麼？」

「我從沒有去過真正的『辛朋鎮』，從來沒有。」

「那你剛才講述的是什麼地方？」

萊爾德說：「是伊蓮娜。」

「什麼？」

「那是伊蓮娜．卡拉澤。」萊爾德的語氣很肯定，表情也十分平靜，就好像他說的是一件極為正常的事情，「我說的地方其實不是辛朋鎮，是伊蓮娜，也是我媽媽……不對，她當然不是我媽媽，我的意思是，柔伊也是她，我剛才說的……我和列維去過的那個地方，是她們。」

「『地方』和『她們』根本不該是同一類名詞。傑瑞向他確認：「是你們去了屬於她們的某個地方，這個地方類似於辛朋鎮；還是你們進入了一個地方，這個地方是由她們的身體構成的？」

後一個說法過於瘋狂，一般人根本不會做此推測。但傑瑞認為，萊爾德所描述的東西十分接近於這種情況。

萊爾德否認了前者，但也沒有完全承認後者。他認為後一種說法很生動有趣，但不夠準確。

傑瑞追問他準確的描述應該是什麼，他絞盡腦汁想了半天，嘗試了好幾種說法，一個比一個混亂難懂。他自己也有點著急，累得不停喘氣，最後只能無奈地表示，他說不清楚，用語言……至少是用他能掌握的所有語言，都無法把這個概念說清楚。

萊爾德休息了片刻，試著再次梳理思路，「她們不是身體，不是我們理解的這種『身體』。說她們是『地方』反而稍微準確一點。如果要我簡單概括，她是一種『混淆』。」

他把「混淆」當作名詞。他認為，如果簡單粗暴地把「不協之門」當作界限，這邊稱為A，那邊稱為B，那麼這種「混淆」就是C，是與A或B都不相同的地點。

萊爾德五歲的時候與母親一同失蹤，他們走進的是B，然後再進入C，最終從C處回到A。

二〇〇九年，安琪拉在自家公寓裡短暫失蹤，然後迅速返回。她之前曾無數次感知到B，但並未進行深入接觸，她這次迷失是直接迷失在C中，她根本沒有進入過B，所以她非常迅速地回到了A。

還有米莎和瑟西。萊爾德特別問了一下，她們兩人是不是早就平安回來了？傑瑞告訴他確實如此。

萊爾德表示，米莎和瑟西也是先進入B，然後進入C，從C離開，回到A。

五歲的萊爾德、二〇〇九年已經有些發瘋的安琪拉、二〇一九年的米莎和瑟西，他們都是經過C回到A的。萊爾德認為，這些人是「從混淆回來的」，而不是「從門裡回來的」。

這幾個人有一些共同點。他們回來得相對順利，不需要看到什麼特殊的通道，他們回來後，身心都相對比較健康。雖然安琪拉有嚴重的精神疾病，但這是她事發前就產生的問題，並不是由於二〇〇九年的那次疑似迷失的經歷造成的。

而其他人不一樣。比如傑瑞與肖恩，比如二〇二四年的列維和萊爾德（而不是當年五歲的萊爾德）……他們「回家」的方式和前一類人不同。他們沒有去過C，是從B直接回到A的。

除了他們以外，傑瑞在之前的工作中還瞭解到一件事。在將近兩百年前，出現過一次與他們的經歷極為相似的案例。當事人是一位對後世來說相當知名的作家、詩人，他被認為有極大可能性遭遇過「不協之門」。

此人經歷了短暫的行蹤不明，又很快出現在了巴爾的摩附近，此時他的身心均遭到極大創傷，且無法描述自己所經歷的事情。由於當年醫療技術有限，他很快死於腦血管問題。

根據僅存的一些機密文件來看，此人的各類症狀與傑瑞和肖恩極為近似。

不僅如此，在肖恩接受漫長的調查和訪談時，他在敘述中提起了那個將近兩百年前的案例當事人。他詳細描述了第一崗哨內的人形生物，正是此生物向他描述了那個人。肖恩的轉述與機密檔案中的描述高度一致。

萊爾德總結說：

十九世紀的案例當事人、肖恩、傑瑞、二〇二四年的他自己、二〇二四年的列維，這些人是以同類方式回來的。他們都進入了名為「第一崗哨」的人造建築，而此建築是圍繞著某種隱祕道路建成，他們使用了該條道路。

五歲的萊爾德、米莎、瑟西、安琪拉，這些人則是用另一種方式回來的，和前面那些人不一樣。

一個最直觀的差異就是，從第一崗哨裡回家的人，全都是在巴爾的摩附近的同個區域被發現的。而從「混淆」裡離開的人，則出現在各種他們自己很熟悉的地方。五歲的萊爾德出現在外婆家的自己房間內，安琪拉也還在公寓裡，瑟西和米莎出現在聖卡德市，位置據說是在一條街上。

其實萊爾德不知道米莎和瑟西出現在哪裡，但他知道她們是在哪失蹤的。二〇一五年的時候，瑟西開著車，與米莎一同在聖卡德市老城區的某處失蹤。

據傑瑞所知，二〇一九年的時候，米莎和瑟西出現在聖卡德市一處大賣場附近的街邊，旁邊還有一家甜點店。米莎在接受面談時，曾經有人問過她那個地點是否有什麼特殊意義，她的回答是：在我和媽媽「迷路」之前，我特別想去那家甜點店。

兩類人，用兩種不同的方式回來，出現在規律不同的地方。萊爾德並不是第一個做此總結的人。在萊爾德還昏迷著的時候，肖恩、傑瑞和其他工作人員也都隱約察覺到這些。

在萊爾德發散式的陳述中，傑瑞留意到一件事。萊爾德不僅會改變表達方式，還會突然改變語調和口音。他沒有改變完整句子的念法，也不是在刻意模仿某人，有時候他需要在一段話裡多次重複使用同個詞彙，那個詞一前一後相隔不遠，發音方式卻完全不同。

傑瑞暫時沒有主動詢問這一點，他認為還不是時候。而且隱藏式耳機裡傳來了一聲簡短指令，要他順其自然地繼續，不必糾正萊爾德的表達方式。於是傑瑞順著萊爾德的陳述，改變了提問順序，並且默默記下一些可能需要著重注意的細節。

終於，萊爾德提到和列維在小鎮裡尋找艾希莉，還反覆說到了名叫丹尼爾的人。此人是辛朋鎮居民，是一九八五年事件發生時的失蹤者之一。提到他之後，萊爾德突然開始用第一人稱描述他。

傑瑞沒有對此進行糾正，而是配合著萊爾德繼續談話。其實傑瑞脊背發涼，已經開始走神。他有點後悔來做這個，此時他非常想找另一個同事來代替他。

「所以我用了一些方法，」萊爾德的臉上呈現出一種陌生的神態，語調和口音不規律地變換著，「具體方式很難用三言兩語說清楚，總之，我把自己送了出來。因為我一直在伊蓮娜的控制之下，我本來是根本沒機會再回來的，但是伊蓮娜有意願把別人生出來……不是，我的意思是『送回來』，所以我就想出了這麼一種方式……」

他說的話變得有些難懂。傑瑞問：「簡單來說，是否可以理解為『丹尼爾借助萊爾德把自己送出來』？我的理解對嗎？」

萊爾德說：「算對吧。」

「我可以把這種方式比喻成寄生或者附身嗎？我知道不是這麼簡單，僅僅是比喻。」

萊爾德搖著頭。他是躺著的，搖頭的動作很不明顯，看起來只是在枕頭上輕輕蹭了兩下。

「不能這麼說，這樣比喻不對，」他說，「如果我是丹尼爾，寄生了我，那麼現在我就是丹尼爾，就不是萊爾德了。」

「你現在是萊爾德嗎？」傑瑞問。

「我當然是，我把一切都給我了。你們不是有一大堆問題嗎？有些問題靠我是搞不清楚的，但是我卻可以。我們肯定需要身為學會導師的我，雖然這需要一點時間。現在我說不清楚，我的記憶……我的思維太雜亂，我得梳理它才行。」

這個表達十分混亂了。傑瑞必須仔細跟隨著每個詞，留意著每個重音，才能勉強確認每一個「我」到底是指誰。

傑瑞說：「你出來了，但是你並不認為自己是丹尼爾。」

「因為我確實不是丹尼爾。我是萊爾德，從大腦到這個亂七八糟的爛身體，都是萊爾德。」

傑瑞心裡有個隱隱約約的猜測，不嚴謹，但是他覺得應該差不多——丹尼爾把自己所知所想的一切都傾倒到了萊爾德身上，這些東西不僅包括他身為學會導師的知識，也包括無關的經歷和思維習慣之類的。

萊爾德當然無法把它們全都講清楚，任何人都無法講清楚自己擁有的全部思想和記憶。人們可能會記得自己高中同學的名字，記得在大學裡學過的某個課程，但沒人能夠清楚地回憶起與同學的每一段對話、上過的每一堂課。這些東西沒有丟失，只是蟄伏起來，從表面的記憶融進了更深的地方。

丹尼爾就是以這樣的形式「蟄伏」在萊爾德的身心中。某種意義上來說，丹尼爾根本沒有「回來」。他把自己當作一臺電腦，硬體可以全部爛在隔離區內，只要資料跟著移動設備出來了就好。

但人類始終不是電腦硬體，也不僅僅是資料。丹尼爾事先知道他的自我認知會消失嗎？或是他全都知道，但他認為這樣就足夠了？

對於上級機構來說，萊爾德·凱茨簡直是個失而復得的寶藏。他的腦子裡攜有大量未探明的資訊，其中很可能包括不只一位學會導師的記憶。可是對傑瑞來說……他忽然感到一陣失望。

其實他的心中不僅有失望，也有點難過，有點畏懼，有點擔憂，有點驚奇。他能夠允許自己產生後面那幾種情緒，卻不能接受自己竟然在「失望」。

他一直想接自己的異母哥哥回家。從小時候起，他無視這個人無視了很多年，現在他似乎終於有機會彌補這份親情……

但是，此時他面前的這個人……這到底是什麼？

傑瑞感到一陣噁心。「失望」是對萊爾德，「噁心」則是對自己。

大概就像他對肖恩的態度一樣。他一邊排斥，一邊痛恨做出這種排斥姿態的自己。

傑瑞的影印紙上還有幾個問題。比如「你記得的最後一件事是什麼」之類的。他準備的問題都不複雜。

他問不下去了，也沒必要再問下去。

萊爾德也過於配合了吧……在傑瑞沉默著的時候，萊爾德仍然在用凌亂的詞句試圖講明白一些東西。但他講得一點也不明白，傑瑞也聽不明白。

在交談開始時，萊爾德說的話還算是好懂，再之後，他的用詞變得很奇怪，但基本的語法和語言能力還是正常的……而現在，在他一直一直嘗試解釋之後，他的語言邏輯能力似乎開始崩壞了。

起初是萊爾德念錯了某個單字。他說了一個毫無意義的發音。然後，他忘記了正確的表達順序，開始把毫無關係的單字一個個送出來，根本組不成句子。他自己也意識到了溝通不順暢。他有點著急，但身體又太虛弱，說話不夠快，在十幾秒內，他連有意義的單字都說不出來了，他一臉認真地說出各種顛三倒四的發音，然後又陷入呆滯和迷惑……

傑瑞不得不制止他。同時，耳機裡也傳來了指令，要傑瑞適當安撫萊爾德，溫和地結束這次對話。醫護人員在別的房間監控著萊爾德的體徵，他們認為萊爾德必須休息一下了。

幸好萊爾德還能聽得懂正常的語言。傑瑞叫他歇一歇，在他皺著眉喘氣時，傑瑞對他說：「顯然這些事很複雜，一言難盡。我認為以書面方式彙報會更好一點，這樣你也可以把事情解釋得更精準。」

萊爾德沉默了大約兩分鐘。再開口時，他的語言能力忽然恢復正常了，「可惜我現在沒辦法寫報告，我拿不動筆，也打不了字。」

傑瑞說：「不用急。將來還有時間。等你的身體慢慢好起來，你還有很多工作要參與呢。」

餘下的一小段時間，傑瑞把話題帶回當下，不問萊爾德的經歷，也不問「不協之門」。他講了一些家裡的事，還有一些昔日萊爾德也認識的同事。說這些的時候，萊爾德的語言能力一直保持正常，沒有再出現剛才那種令人困惑的情況。

傑瑞準備離開的時候，萊爾德還有些意猶未盡。但傑瑞已經接到來自上級人員和醫療團隊的多次催促，他不能再和萊爾德聊下去了。

傑瑞收拾好帶來的東西，叫萊爾德好好休息，站起來，轉過身……

這時，萊爾德忽然說：「你看不見，是吧？」

傑瑞的腳步頓住。他想起萊爾德最開始問他的那句話：**你背後有什麼？**

此時，他正看著之前背對的方向。房間的唯一出入口是可密封的半自動門，他和門之間還有一段距離，兩側牆邊擺著不少醫療專用儀器。他沒看到任何異常之處。

萊爾德在他身後長長地呼出一口氣，又說：「嗯，你確實看不見。挺好的。好了，不用緊張了，你看不見。我也問過別人，比如那個醫生……我忘了他叫什麼。原來你們都看不見啊……」

如果是十六歲的時候，傑瑞一定會忍不住問：那你看見了什麼？但現在的他絕對不會問。即使要驗證這類事情，也不是由他來做。

他回頭對萊爾德說：「以後不要再向別人求證這種事情了。凡是被允許接觸你的人，全都是基本上『看不見』的人。」

萊爾德說：「也對，這樣的人才是大多數。」

傑瑞走到門邊，門自動向兩邊打開。走出門前，他留下一句話，他沒有回頭看萊爾德對這句話的反應。

「曾經這樣的人是大多數，現在不是了。」

至二〇一九年，尼克．特拉多的戶外用品店已經經營了三十多年。前十幾年，生意不好不壞，生活平凡無奇。從二〇一九年開始，這家店變得越來越有名氣，幾乎成了聖卡德市的一處景點。

那一年，尼克失蹤多年的妻子和女兒回來了。也是從這時起，尼克開始改造自家和店鋪。他賣掉舊房子，買下與店鋪一牆之隔的小型中古屋，從此家庭和商店連成一體。他把店鋪和新家一起重建，新房子使用了大量金屬建材和強化玻璃，遠遠看去，整棟建築剔透而冰冷，根本不像戶外用品店和民宅，更像是什麼高端神祕設施。

不僅外牆，尼克家的大多數牆壁和每一扇門也都是透明的。稍有例外的是衛浴等隱私區域，以及必須進行視線隔離的區域，比店鋪和私宅區域的分界處。在這些地方，他們在玻璃上貼了半截磨砂膜，輔以特殊角度的通道，再配上一些單側掛簾。

新房子不是尼克一個人設計的。在重建期間，他充分參考了妻子瑟西的建議。由於身體原因，瑟西沒怎麼去過施工現場，直到房子能入住了，她才第一次看到全貌。

她立刻就愛上了這個新家。通透的牆壁和門扉給了她極高的安全感，當她入睡的時候，一翻身就能看到隔壁書桌前的女兒，這樣她才能安然入睡。

搬家以後，瑟西基本上不出門。即使出門，也只是在同一條街上隨便閒晃兩步。受到她的影響，尼克也很少出門，他們只信任自己家的玻璃門，或者通透毫無遮蔽的開闊地形。

如果沒有必要，他們不會進入任何複雜建築。黑名單上第一順位是各類主題樂園，其次是需要通過隧道或橋洞才能抵達的任何地方，再其次是酒店或大型商業中心之類的建築。

令人意外的是，特拉多夫婦好像並沒有約束女兒米莎的行動。米莎一直保持著正常外出，也經常在同學家留宿。

後來的幾年裡，瑟西用從前的筆名出版了兩本小說，和從前一樣是末日題材，銷量比從前差很多。有一次，身穿軍服的肖恩．坦普爾來探望她。他特意提前買了那兩本小說，帶來請她簽名。

肖恩不是單獨來的，他身邊還有兩個穿西裝的人，門外停了三輛車，乘客沒有下來過，一直在車上等待。除了要簽名的時候，肖恩沒有和瑟西說上幾句話，他們三人主要都在和米莎聊天。等他們離開的時候，米莎和他們一起走了。

瑟西和尼克當然很擔心，但他們沒有阻止米莎。在此之前，米莎已經和他們認真談過了，她希望自己能去幫助其他人。

這幾年裡，聖卡德市又發生了失蹤案，很多細節與松鼠鎮失蹤案極為相似。這類案件越來越多，在其他城市、甚至其他國家也頻繁出現。有些人認為是外星人綁架，有些人認為是一些團伙用新型迷幻劑來犯罪，還有人拿出很多神學觀點去解釋。

一開始有人把失蹤案當作都市傳說和網路謠言……然後，大概也就過了一兩年吧，人們終於無法忽視那些失蹤案的共同點了。

它們的共同點就是「門」。

關於「門」的說法很多，人們對這一現象的稱呼也千奇百怪。又經過了一段時間，人們開始遵循比較古老的習慣，用「不協之門」這個詞來稱呼它。

這個稱呼在幾十年前就出現過，那時沒人把它當一回事。一年年過去，這個彆扭的造詞越來越多出現在各種地方，先是小眾論壇上，後來是主流社群網站，甚至蔓延到人們的生活中。

到了二〇二四年以後，就連阿拉斯加小鎮上與世隔絕的年邁獵人都開始害怕這個詞。他的孩子要跨海離開的時候，他會去反覆檢查小型私人飛機的門還是不是他認識的模樣。

一些志工開始走入社區和教堂，教授人們如何辨識「不協之門」。父母不僅會教孩子「提防陌生人」、「雷雨時不能站在樹下」之類的常識，還要多教一項「不要走進從沒見過的門」。

不要走進從沒見過的、沒人幫你確認安全的門。如果你身在一個很熟悉的地方，比如你的家裡，比如天天都去的學校……一旦看到從未見過的門，千萬不要因為好奇而走進去。如果你身在完全陌生的環境，比如戶外、新學校、朋友家……在你要走入某扇門之前，一定要和熟悉此地環境的人進行確認。要先確定這扇門是真正的門。

「不協之門」是一種感知現象，而不是真正的道路。它可能出現在任何地方，比如你每天經過一條走廊，從沒發現走廊盡頭有一扇門；比如你在家中儲藏室深處發現一條地道，但據你所知，你家的房屋沒有第二層地下室……甚至，有時它不是以門扉的形態出現，可能是牆上多了一扇窗，或者衣櫃裡多了一個出口……那可不通向納尼亞。

如果你遇到了，一定要無視它，不要好奇，不要走進去。

短短幾年之內……以上這些「知識」已經傳得到處都是。「神祕」的東西如果出現得太多，即使人們仍然不瞭解，它也不太可能繼續保持機密狀態。

當然，並不是每個人都見過這種「門」。就如同，並不是每個人都經歷過槍擊慘案，並不是每個人都見識過自然災害……但即使只有少數人經歷過，大多數人也會知曉它們的存在。

人們理所當然地戒備它，畏懼它，擔心有一天它會降臨在自己的生活中。

傑瑞回到公寓時，零點剛過，他的「三十歲」生日已經不知不覺過完了。肖恩說過的包裹還在公寓管理員那邊。管理員肯定已經睡了，傑瑞決定不去打擾。

他進了門，剛脫掉外套，可能還沒過兩分鐘，外面響起了敲門聲。聽起來是公寓管理員慣用的敲門頻率，力氣很輕，但連續快速敲擊，中間沒有一刻停頓……

傑瑞無奈地轉回身，拉開了門。他以為一定是管理員，所以根本沒打開通話螢幕去看——他的公寓有可視螢幕，但他總是把門鈴弄成靜音，門鈴聲會讓他焦躁和頭痛。

打開門之後，傑瑞愣住了。肖恩穿著一身整齊的制服站在門前，手裡抱著那個據說早晨就送達的包裹。紙箱並不大，一隻手就能拿住。

傑瑞一手扶著門，呆呆地看著肖恩。肖恩抓住他的手腕，拉到一邊，用膝蓋把門頂開，側身擠進門來。

「你忘記去拿包裹了，」肖恩反手關上門，「生日快樂，傑瑞。」

傑瑞像被按了暫停鍵一樣，半分鐘之後才反應過來，「你這是……在幹什麼？」

肖恩說：「包裹送達時你已經出門了，所以送貨人員依照我的要求，把它寄存在公寓管理員那裡。你下班回來後並沒有去找管理員，所以我幫你把包裹拿來了。」

傑瑞在心裡默默罵了兩句髒話。他當然能看懂肖恩在幹什麼，他想問的也不是這個。肖恩一臉理所當然的表情，沒有半點心虛，好像在做一件特別正常的事。

「你……你在跟蹤我嗎？」傑瑞問。

「不。這不屬於跟蹤，屬於提前蹲守。」

傑瑞一手扶額，簡直接不上話。

肖恩把包裹往前遞了遞，「你可以打開它了。」

傑瑞把包裹接到手裡。肖恩遞過來，他就下意識去接，真的把它拿在手裡之後，他又有些恍惚，盯著它半天沒動。

肖恩自顧自地脫掉皮鞋，拉著傑瑞走向餐桌。桌上躺著一堆紙杯、飲料鋁罐、炒麵外賣盒，肖恩把它們撥到一邊，空出一塊地方，從傑瑞手中拿過包裹，放在桌面上。肖恩不知從哪掏出一把小刀，熟練地拆開紙箱。傑瑞用手拿過這個包裹，就算是已經收下了禮物，肖恩現在只是替他動手打開。

紙箱裡面是深藍色帶著小星星的包裝紙。傑瑞僵硬地看著它，他還記得，小時候肖恩每次送他生日禮物，用的一直都是這類配色的包裝紙。

肖恩撕開包裝紙，露出兩本疊在一起的平裝書。《深坑之牙》和《我不是澤西惡魔》，作者是「詹森．特拉多」。瑟西仍然在用這個男性風格的筆名。

肖恩向傑瑞展示了兩本書的第一頁。上面有瑟西的簽名，簽的也是「詹森」那個名字。

「我記得你很喜歡她寫的東西，」肖恩說，「我們在『那邊』的時候，你好幾次提起了《火山冬季的幽靈》。」

肖恩可以非常平靜地提起從前的事，甚至比一般人提起自己的高中時代還要平靜。但傑瑞不行。只是這麼短短一句陳述，已經讓傑瑞感覺肩膀上壓了萬鈞巨石。

傑瑞慢慢滑坐在餐桌椅上，雙手扣在面前，低著頭，「肖恩……我該怎麼跟你解釋呢……」

「你想解釋什麼？」

「我……」傑瑞瞄了一下那兩本書，「我……算了。我說得明白嗎？反正你根本理解不了。」

肖恩「嘩啦啦」地翻了一下書，微笑著說：「不，我明白的。你認為瑟西會在新書中描寫她的親身經歷，你很害怕看到那些。放心吧，沒有那些，我買書之後自己讀過一遍了，她寫的是純虛構的末世探險故事，和她過去的題材一樣。書裡面沒有任何橋段與我們的經歷相似，而且都是常見的大團圓結局，根本不恐怖，你一定不會害怕的。」

傑瑞苦笑了一下，也沒反駁什麼。他拿起書，慢吞吞地走去臥室，把書放在床對面的書桌上。書桌上堆滿了東西，根本露不出桌面，兩本書躺在雜物頂端，像是給土坯牆頭又加了兩塊磚。

肖恩跟在他身後走了進來。其實這是肖恩第一次參觀他的新住處。房間裡擺設不多，家具款式極為簡潔，卻仍然亂得要命。肖恩左右環視，評價道：「我記得你小時候的房間沒這麼糟糕。」

「那時候我又不用整理房間。」傑瑞坐在書桌前的椅子上，椅背上掛滿了衣服。

「你可以預約一個定期清潔服務。」肖恩說完，又忽然想起了什麼，「哦，我意識到，你現在因為後遺症而不擅長打字溝通。這不要緊，你也可以使用語音服務。或者你告訴我要求，我去幫你預約。」

「不用了，我自己去預約……」傑瑞說。

肖恩點點頭，在床沿坐下，雙手放在膝蓋上，用一如既往平靜而堅定的眼神看著傑瑞。

「你和萊爾德談了很久，談得怎麼樣？」

傑瑞沒有回答，他盯著雜物上的兩本書，有點發呆。

肖恩問：「你在想什麼？」

「我在想……」傑瑞的目光落在書脊的作者名上面，「突然看到你的包裹，我想起了那個粉色的盒子。」

「什麼粉色盒子？」

傑瑞說：「你還記得瑟西的車嗎？」

「記得。」

「我們看過瑟西的後車箱，裡面有兩個包裝盒，一個被她拆開了，是高跟鞋，她丈夫送的，另一個是粉色的盒子，是米莎要送她的。那時候米莎剛過完生日，再過不久瑟西的生日也快到了，她的家人瞞著她，提前準備了禮物。」

肖恩說：「嗯，我也記得這些。粉色盒子怎麼了，你想起什麼重要的事了嗎？」說著，肖恩掏出了工作用的小型平板，表情嚴肅，正打算記錄線索。

傑瑞簡直哭笑不得。他擺了擺手，要肖恩收起那東西。

「沒什麼重要的事，」他說，「那時候瑟西去後車箱裡找東西，提前發現了禮物。她拆開了丈夫送的東西，卻一直沒有拆米莎那份。當時她還在找米莎，她想在找到她之後再當面拆禮物，否則米莎會生氣的……」

傑瑞的目光不再聚焦於書脊上，漸漸飄向遠方，彷彿穿過牆壁與一切實體，隔著時空，遙望從前的那一幕。

肖恩看著他的側臉，沉思了片刻，問：「我沒有理解你想表達的重點。」

「誰都沒有再回去找那輛車。」傑瑞說，「瑟西沒能享受那年的生日。米莎到底準備了什麼禮物？我們一直都不知道。」

肖恩微皺的眉頭頓時舒展開了，「我知道。」

傑瑞轉頭看他。肖恩很高興能解決這個疑問，他臉色明快地說：「招募米莎之後，她和我們聊過很多東西，可以說是鉅細靡遺。她提過那件禮物。她做了一個坐墊，就是在布裡面塞一些珍珠棉的那種。手工材料是她爸爸買的，是不需要自己剪裁的半成品。還有，雖然那件禮物遺失了，但米莎本人並不覺得可惜。」

傑瑞機械般地點點頭，毫無表示。

肖恩打量了傑瑞片刻，說：「傑瑞，我不僅要建議你預約定期清潔，還要建議你聯繫一下心理援助部門。我認為你的身心都極為不健康，而且這種不健康與藥物後遺症無關。」

每次肖恩很認真地說完什麼之後，傑瑞經常會發愣一段時間。不光是現在，從前他也經常這樣，無論是面對面，還是用電話交談。肖恩肯定不能理解這是為什麼。其實傑瑞自己也不是完全理解。他聽著肖恩熟悉的聲線，聲音中的單字經常擅自飄蕩到十幾年前。

他的目光被聲音引領著，穿過眼前這個身穿軍服的成熟男人，看到曾經爬進他房間窗戶的兒時摯友。聲音，形象，記憶，共同的經歷，肖恩・坦普爾的年少時代，肖恩・坦普爾的此時此刻……對傑瑞來說，這一切十分熟悉，又極為陌生；非常溫暖，又無比傷人。

傑瑞長嘆一口氣，「誰都可以建議我去做心理輔導，就你不行。」

「為什麼？因為我的腦損傷嗎？」肖恩對此類話題毫不排斥，「這不影響我的溝通與判斷能力。」

「不，因為現在的你根本就……」傑瑞說著，又停了下來。他意識到，即使他說下去，哪怕說得再細膩，也只會為自己帶來無意義的痛苦，為肖恩帶去不必要的疑惑。

傑瑞有些不自在，他站起來，嘟囔著要去廚房倒點水喝。在他轉身時，肖恩突然拉住他的手腕，讓他腳下一個踉蹌。

肖恩也站起身，直視著傑瑞的眼睛，「我並不是臨時起意要過來找你的。我一直想和你談談。」

傑瑞問：「你想談什麼？」

「主要是想勸你接受心理援助部門的幫助，這樣你才能更好地投入工作。」

傑瑞洩氣地笑了笑。他想抽回手臂，但肖恩沒有放開手。

肖恩說：「如果是我們小時候，我就不會這樣建議你。至少不會一開始就這樣建議。那時，我會先陪你打打電玩，看點驚險的恐怖片，一起熬夜，賴床，然後叫幾份披薩，吃完繼續玩電玩。根據我記憶中的經驗，通常經過這一系列流程，你的情緒就會恢復正常。」

「你在說什麼……」傑瑞避開目光。

肖恩說：「但現在，我無法再與你做這些事。我對你的痛苦無能為力。你有神經損傷之類的後遺症，你不玩電玩了，而且你也不再喜歡任何恐怖電影。你平時天天吃外賣食品，它們對你來說不再具有特殊吸引力……我熟悉的流程已經無效了。而且……」

「而且什麼？」傑瑞問。

「而且你說過，你永遠不會原諒我。這意味著，我們之間不再存在較為親密的私人關係，所以我無法嘗試以其他點子來安撫你的情緒。」

傑瑞的鼻子發酸。如果他低著頭，眼淚就隨時可能奪眶而出；如果他抬起頭，萬一眼淚流出來了，就會被肖恩清楚地看到。他非常輕微地搖頭，害怕搖頭的力道會把眼淚推出來。

「肖恩……」他極力維持著正常的聲音，「算了，沒事就別提那句話了。我只是……再也不想提那件事了。」

「好吧，這是一個良性的改變。」

肖恩放開了傑瑞的手腕，向前走了一步。傑瑞還沒來得及走開，肖恩伸出雙臂，給了他一個久違的擁抱。擁抱的力道不輕不重，姿勢標準得像電視劇。但傑瑞僵硬得像一塊木頭。在被拉近的那一刻，他甚至短暫地全身發冷。

肖恩說：「這類行為一向能提供短暫的撫慰效果。試試看。」

過了幾秒，傑瑞的身體漸漸溫暖起來，肩膀也放鬆了一些。他能感覺到，現在自己的表情肯定非常扭曲，不像哭也不像笑，比笑和哭都難看。

幸好他的額頭靠在肖恩肩上，肖恩看不見。

肖恩繼續說：「根據我的觀察，這些年來你長期處於負面情緒之中。這對你個人或對工作都非常不利，你應該儘早解決這個問題。」

「沒那麼嚴重……」傑瑞小聲說。

他閉著眼睛，感覺到肖恩的手移到他的腦後，在慢慢摩挲他的頭髮。

「其實我曾經想過，」肖恩說，「當初真應該讓你接受手術。如果你像我一樣，現在就好多了。」

傑瑞的呼吸停了一拍。

他沉默著，血液彷彿從指尖開始慢慢地凝結，在幾秒鐘內，一路逼近心臟。

「你為什麼要發抖？」肖恩疑惑地側著臉，看了看他的頭頂，把他抱得更緊了些，「你真是的，還像個未成年的孩子。我只是在感慨往事而已，我不會傷害你的。不要擔心，現在手術已經毫無必要了。」

傑瑞突然想起了和萊爾德的談話。

不是想起具體內容，而是想起萊爾德從自我認知混亂，到語言完全崩壞的那幾分鐘。他還想起了列維。不是被關押在內華達州基地裡的列維，更不是無法確認的不明實體，而是那個《深度探祕》節目的製作人助理。

接著，他又想起他看過的最後一集《深度探祕》。二〇一五年五月的某一天，是他最後一次看這個節目。後來即使他平安回到了家，他也從沒有再看過它。

他想起很久沒回去過的松鼠鎮。不知羅伊和艾希莉各自的家庭是否還住在那裡。與他不同，肖恩曾經不只一次回到松鼠鎮，還與羅伊和艾希莉的親人保持著長期聯繫，隨時進行訪問評估。傑瑞難以想像，要擁有什麼樣的心靈，才能平靜坦然地面對那些人。

傑瑞不但沒有停止顫抖，反而慢慢開始抽泣，最後他無法自控，乾脆嚎啕大哭起來。

肖恩皺著眉頭，左顧右盼，看到了被丟在床上的家電系統遙控器。他把窗戶和窗簾都關好，免得聲音被公寓大樓裡的其他住戶聽到。臥室裡一開始也沒開燈，所以他決定保持黑暗。角落裡的電子鐘上，亮著紅光的數字一閃，後兩位從五九變成了零零。

身體狀況穩定一些後，萊爾德拿到了一臺沒有連線功能的輕型電腦，用來書寫文本報告。

醫學診療通常安排在上午，下午是復健訓練，晚上萊爾德便利用獨處時間來寫東西。平時他去做檢查的時候，會有專人到他房間拿走電腦，收集資訊。

傑瑞來探望他時，萊爾德不只一次抱怨：我知道你們不能讓我擅自接觸外界，現在我的內部網路權限肯定也被取消了，但是為什麼連讓我自己選擇提交報告的時間都不行？你們每天早上拿走電腦，我連把報告潤色一下的機會都沒有。

傑瑞知道他在介意什麼。傑瑞每天都要看他寫下的東西，在這些內容被提交到上級部門之前，傑瑞算是第一個讀者。

萊爾德的報告寫得很規矩，是標準任務報告的格式，行文中使用的詞彙也都很嚴謹。看似極為正常，其實傑瑞早就知道了，這是萊爾德故意掩飾的結果。

其實萊爾德使用的電腦被動過手腳。他每一次修訂詞彙，每次編輯、覆蓋、取消、刪除……這些全都會留下痕跡，最後一併被提交上去。在每一份冷靜克制的報告書之前，還存在著好多透著瘋狂的敘述。

被覆蓋的文件「瘋狂」程度不一。有時只是行文顛三倒四一些，但內容基本上與最後版本一致；也有時候萊爾德會寫下具有強烈主觀情緒的大段文字，裡面幾乎沒有對客觀事件的描述，全部都是主觀感受，內容黑暗、扭曲，散發著無法言說的痛苦；還有少數時候，被覆蓋的文本過於凌亂，根本不像是有清晰意識的人寫出來的，其中偶爾跳出幾個還算能理解的詞句，絕大多數文字都處於語言邏輯徹底崩壞的狀態。

從每天的每份報告來看，只要萊爾德試著講述他的「工作經歷」，敘述一段時間後，他必定會陷入恐懼和瘋狂。然後他會花很長的時間找回「正常」的自己，把情緒盡可能抽離，漸漸冷靜下來，假裝在寫別人的事情，一點點修改掉之前那些混亂的詞句，最終修訂成簡潔的成品。

顯然他不想讓人看到修改過程。如果不是每天早晨有人拿走電腦，他會繼續不斷地修改文本，想讓它們更加像「正常人」寫下的。

工作人員故意不留太多時間給他，不想讓他花太多時間去潤色文字，這件事沒太大意義，只是和自己過不去而已。

這臺特殊設定的電腦，是傑瑞想到的主意。在萊爾德甦醒的首次面談之後，傑瑞就有了這樣的想法。事實證明，他的辦法很有效，被萊爾德刪掉的廢稿往往有著獨特的意義，或許還隱藏著萊爾德不想坦白的資訊。

欺騙萊爾德令傑瑞稍微產生了罪惡感。但他也沒有其他辦法，他不願意用逼迫的方式讓萊爾德說話，他希望盡可能讓萊爾德感覺到有尊嚴。

一開始，傑瑞每天都擔心萊爾德會發現他們動的手腳。畢竟這在電腦上只是個很簡單的小手段。結果一天天過去，萊爾德竟然從沒發現過。

他甚至開始把電腦當作「國王有對驢耳朵」的樹洞來用。有時候，他顯然是神志清醒的，但他會故意發洩一通，比如他寫過「都過多久了，為什麼還在給我吃流質食物，吃流質食物也就算了，還幾乎不放鹽，我他媽又不是幾個月的嬰兒」這類內容。等抱怨夠了，他再把這些話（自以為徹底地）清除掉。當然，第二天他的飲食安排並沒有太多變化。

一段日子之後，萊爾德不僅繼續書寫報告，還開始主動提出各類問題。他把問題和相關申請寫進電腦文件檔案裡，與傑瑞見面時，他會再口頭提起一次。

他申請瀏覽從二〇二四年至二〇二九年的「不協之門」目擊記錄，這申請還真的被允許了，但給他的只有簡報，沒有細節資料。

萊爾德拿著影印紙看了一整個下午，傑瑞來見他的時候，他問起一項二〇二四年的記錄。

目擊記錄發生在二〇二四年十月，就是萊爾德與列維回來的那天。事件發生在一家兒童福利中心內，兩名護理師與一些志願服務者同時看到了不存在的門。事件中無人失蹤，當時沒有任何患者在場。兒福中心的名稱與地址全都被隱去，但「門」的形態、當時於室內的位置，都有較為詳細的記錄。

萊爾德非常在意這個目擊記錄。引起他注意的，是其中關於「牆壁和相框」的描述。記錄中，「門」出現在活動室的地板上，看起來像是樹屋地板上的木門。除此之外，記錄中還提到活動室內有淡橙色壁紙和一些相框，相框內裝裱著兒童病患的畫作，還有一些比較新的畫直接貼在牆上。

萊爾德認為自己曾看過這個地點。他在報告中提到，他「回來」的時候能夠聽見追蹤終端機的示警聲音，同時，他看到了兩個畫面。

第一個是他小時候住過的房間。他認為這是一種幻覺，當時他正在使用「第一崗哨」內的道路，他看到了小時候的房間，但他真正所處的地點與它無關。在傑瑞與肖恩離開時，此類現象也曾發生過。那時他們看到的是松鼠鎮愛芙太太的小庭院，甚至還觸摸到了圍牆，但他們並沒有回到圍牆附近，而是出現在巴爾的摩郊外某處。

萊爾德看到的第二個畫面，是完全陌生的地方。那裡有著嶄新的淡橙色壁紙，上面掛有幾個相框，還貼了一張蠟筆畫。那不是米莎的畫，也不是他小時候的，他根本不認識它。很長的一段時間裡，萊爾德根本就不記得這件事，直到最近他才漸漸想起來。

比對了這些年的目擊記錄之後，他認為自己看到的很可能是那家兒福中心的活動室。他認為這個地點極為重要，應該進行重點調查。

一開始傑瑞沒有明白萊爾德的思路。於是萊爾德開始解釋自己的想法。

現在萊爾德有活力多了，他坐在輪椅上，腿上放著一塊白板。他在白板上畫了一個圈，再在圈下面畫出數個圖形：三角形代表屋子，屋子裡畫了個小火柴人，屋外有兩個同樣的小人，一個抬頭看天，一個低頭看腳。最後，他把最上面的圓圈塗黑。

「不協之門是一種現象，」萊爾德說，「就像陰天、晚霞、日食月食。當它發生時，人們可能會看到，也可能看不到，有些人有較高機率看到，也有的人因為種種原因就是看不到，但總之它就是在發生。關於這方面的觀點，我們已經有共識了，不用多說了吧？」

傑瑞點點頭，「當然。這些年來，我們已經瞭解到這個特性了。」

「好。那你來看一下二〇一七年的那項目擊記錄，就是你和肖恩回來的那次。」萊爾德把有目擊記錄簡報的影印紙丟給傑瑞，「有一件非常重要的事，我認為上面沒有記錄。」

「什麼事？」傑瑞問。

「你和肖恩回來的過程中，你們都看到了愛芙太太的院子。」

「這件事是有記錄的，我報告過。」

萊爾德說：「不，我的意思是，在同一天的目擊記錄中，並沒有關於愛芙太太家的實際觀察記錄。你們有沒有去調查過她在那一天的經歷？」

傑瑞抿了抿嘴。其實當然有人調查過，只是那時候他和肖恩都還小，他們沒有親自參與。

他迅速判斷了一下，那天愛芙太太家發生的事並不屬於任何機密。

於是他告訴萊爾德：「她家確實發生了點事，但事件性質存疑，沒有被列為目擊記錄，因為愛芙太太什麼都沒看見……你還記得那三隻迷你地獄犬嗎？」說這個綽號的時候，傑瑞忍不住帶了點笑意，「愛芙太太聽到異常的犬吠，她去查看的時候，地獄犬少了一隻。她再也沒找到牠。這件事只有愛芙太太的事後口述，沒有目擊者，我們不能斷定小狗走失一定和『門』有關。」

聽完他說的，萊爾德慢慢點著頭。擦掉白板上的簡易日食圖，畫上新的東西：上面一排是小火柴人，旁邊有個長著葉子的長方形，下面一排，分別是另一隻小火柴人、一顆玩具熊的頭，和一個醫院十字標誌。兩排圖形的中間，萊爾德畫了一個叉號。

萊爾德指著第一排，「這是二〇一七年，你和肖恩回來的時候。這個小人是你們，這個方形是愛芙太太的院牆。你們看到了它，還覺得自己翻過了它，同時，愛芙太太那邊疑似也出現了『門』，一隻迷你地獄犬可能還因此失蹤了。然後，你出現在了這個地點，」萊爾德用筆蓋點了點中間的叉號，「這個叉代表你們實際回來的位置。它大致對應著第一崗哨的位置，對吧。」

傑瑞點點頭。

萊爾德繼續指向第二排，「下面這排是二〇二四年，我和列維回來的時候。這個小人是我們。小熊代表我看到的第一個地點，也就是我小時候住過的房間。那個房間在我外婆的房子裡，你們肯定去調查過了。那座房子應該還是閒置的，即使那天有『門』出現，也沒人能看到它。」

接著，他指向中間的叉號，又轉向醫院十字標誌。

「接下來，我也出現在了叉號這裡。你和肖恩也是出現在這。我們都走了第一崗哨裡的路，所以出現的位置也差不多。但在此之前，我還看見了另一個地點……」他在十字標誌上戳了戳，「我很可能看到了這家兒福中心的活動室。但問題是，我根本沒有去過這個地方。我為什麼會短暫地看到？」

傑瑞看著他膝上的白板，漸漸皺起眉。兒福中心的目擊事件中並沒有失蹤者，幾年過去，已經沒人再追蹤這件事了。

「我明白你的思路了，那你的推測是什麼？」傑瑞問。

萊爾德說：「我認為，有人在那個地點使用破除盲點算式陣。我在報告裡寫過這個東西了，你看過了吧？」

前兩天，萊爾德在報告裡提交了關於算式陣的內容，但他寫得並不詳細，充其量只能算是簡述。說得通俗點，就像是遊戲設定集裡對「火球術」的描述——它告訴你什麼叫火球術，火球術能幹些什麼，可即使你讀完了它，你仍然不知道火球術到底是怎麼發動的。

萊爾德為此解釋過：他會進一步陳述相關事實，但他需要時間去慢慢整理、慢慢回憶。重現這些古怪知識是很困難的，進行回憶的時候，他的頭腦經常被紛雜繁冗的資訊占據，出現之前那種語言能力崩潰的症狀，所以這件事急不得。

傑瑞暗暗懷疑，也許他就是故意不說得太詳細。他用腦子出問題當藉口，盡可能拖延和糊弄。他只想描述陷阱的模樣和種類，不想教別人如何設計陷阱。

但傑瑞從沒說破。他認為，將來他們還有機會進一步溝通，現在沒必要逼得太緊。

傑瑞說：「我看過你的報告，知道你說的那種算式陣。你認為有人在那家兒福中心裡主動觀察『不協之門』，也就是說，那間機構裡可能有『學會』的導師或獵犬？」

萊爾德說：「我沒有證據，也可能我想的方向是錯的……我只是建議你把這件事向上報告，重新調查一下那家兒福中心。調查一下二〇二四年的那天有誰在現場。」

傑瑞答應一定會追蹤這件事。萊爾德想了想，忽然問：「對了……列維那邊怎麼樣了？」

「你是指什麼？」傑瑞問。

「他提過這些事情嗎？關於我們回來的過程，他說過什麼嗎？」

傑瑞嘆了口氣，「我只知道他目前很好，也很配合我們。至於其他事……我不負責他那邊，也沒有權限過問太多。」

傑瑞故意沒有提起他看過的「不明實體」，也沒有提起前些年的那次事故——肖恩被安排與列維見面之後，那起奇怪的意外事故。從那次意外之後，上級部門改變了一些策略，重新組建了團隊，列維與萊爾德被完全分開管理，傑瑞和肖恩也重新被分配於不同部門。到今天為止，與列維·卡拉澤相關的大部分措施均為機密。由於傑瑞和肖恩偶爾要配合調查，所以他們知道少量相關資訊，但也僅此而已。

萊爾德問：「那他知道我的情況嗎？」

「我不清楚，抱歉。」傑瑞不得不繼續隱瞞一些事。

其實據他所知，上級正打算把萊爾德轉移到列維所在的基地。就是萊爾德自己提過的地方，內華達州沙漠裡的一座乾湖床下，從前萊爾德以工作人員的身分去過。傑瑞不知道他們為什麼需要萊爾德，也不知道是暫時安排，還是打算把萊爾德一直留在那……

傑瑞忽然有點好奇，他很想問萊爾德：你為什麼要提起列維？你是想和他見面，還是害怕會見到他？

當然，他沒有真的問出來。問了這個問題，就等於對萊爾德提前洩密。即使他想偷偷問也不行，他們的每次會面都會被監控並錄影下來。

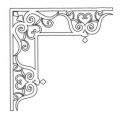

SEEK NO EVIL

CHAPTER FOURTY

【去見你】

現在米莎長期住在培訓基地裡，每個月回家一兩次。她的父母從沒有任何怨言，因為他們根本沒有抱怨的機會。

這天下午，米莎在玻璃房子的戶外用品販售區徘徊。一個背著雙肩旅行包的女人走進來，問她店裡是否有賣防水袋。米莎向她確認，「有是有。不過，妳是真的需要防水袋嗎？」

背包女說：「我確實需要。當然啦，我不一定非要在妳家買，但反正我都來了……」

米莎指了指貨架方向，「如果妳真的要買，我得把我爸爸叫出來。我不知道怎麼弄收銀機。」

背包女挑好了東西，在櫃臺等著米莎。米莎穿過金屬與強化玻璃構成的通道，掀開透明門後的簾子，回到家庭生活區。

她的媽媽瑟西躲在書房裡，沉迷於撰寫新的小說，已經整整一個下午沒有走出房間了。爸爸尼克平躺在臥室床上，眼神放空，手握著電視遙控器，電視在隔壁房間，螢幕上播著一個又一個廣告。

米莎沒有去打擾媽媽。她走到爸爸身邊，用右手手掌覆蓋在他的雙眼上，左手在右手手背上拍了兩下，同時輕輕念了幾個發音。她移開手掌之後，尼克眨了眨眼，有些迷糊地轉頭看向她。

「我睡多久了？」尼克爬起來，搖搖晃晃地去關電視。

米莎說：「我也不知道。爸，外面有人要買東西，你最好去看一下。」

尼克出去收了錢，誇了兩句顧客的防風外套。當他在櫃臺內側的椅子坐下時，米莎在他耳邊小聲說了一句話，他的目光再次變得迷離起來。他緩緩站起身，像夢遊一樣走向私宅區域，躺回床上，還拉起毯子自己蓋好。

米莎去檢查了一下大門，把「營業中」的牌子翻成「休息中」。

背包女望著通向生活區的半磨砂玻璃門，小聲問：「這樣就可以了嗎?他們……聽不到?」

米莎說：「聽不到，妳放心吧。」

「真是驚人，我從沒見過哪個導師能把感知剝奪靈活運用成這樣，」背包女感嘆著，「何況是像妳這麼年輕的……」

米莎抱臂看著她，「我從沒見過哪個信使喜歡說這麼多無關的閒話。」

背包女尷尬地低下了頭，「好吧，抱歉，我說正事。之前妳的建議是對的，我們發現，確實有人又開始調查那個地方了。現在我們做了安排，待命的獵犬隨時可以撤離。」

米莎說：「別撤離，那樣看起來更可疑了。她們又不是沒有合法身分，跑什麼跑?」

「那怎麼辦?」

「首先，最重要的一點，把恆定算式陣藏好，不要被那些外勤特務找到。現在萊爾德．凱茨醒了，他可能會提供一些資訊，在新的一批調查人員中，很可能有人會認出算式陣。所以，要比從前更小心。只要算式陣不被發現，那幾個獵犬就沒有任何可疑之處。如果有人想找她們談話，就去好好談，如果需要描述之前看見的盲點，就好好描述。不需要刻意撒謊。」

說完之後，米莎叫背包女稍等。她暫時離開了一下，回來時拿著三只黑色皮夾。

「給她們的？」背包女問，「給了這個，就是打算派她們『出發』了吧？」

米莎問：「我都還沒說呢。看來妳當信使足夠久了，什麼都很熟悉。」

背包女抓了抓蓬鬆捲曲的頭髮，「我以前也曾向獵犬轉交過這個。是好多年前的事了……對了，那個獵犬妳也認識。」

「卡拉澤？」

「對……」

米莎說：「我明白了。好啦，我們言歸正傳。根據比較可靠的消息，萊爾德・凱茨與列維・卡拉澤很可能被安排在近期見面。在那個時期，也許盲點的出現率會明顯升高。一旦這類情況出現，我會根據自己的判斷，幫那幾個獵犬遠端啟用算式陣。所以妳一定要跟她們說清楚，讓她們隨時做好準備。」

信使記下了全部命令，收好東西，與米莎告別，帶著新買的防水袋離開了商店。

米莎回到私宅區域，幫尼克脫掉了鞋子，替瑟西續了熱咖啡。尼克當然不會這樣一直睡下去。再過半小時，他會在鬧鐘響起時醒來。這個午覺有點太長了，可能會影響到他今晚的睡眠品質。瑟西也不會永遠坐在書桌前打字。現在她的注意力高度集中，全部精力都匯聚在寫作上，當隔壁尼克的鬧鐘響起時，她的注意力就會被分散，她會感到疲倦，然後離開書桌，恢復對外界的興趣。

尼克與瑟西各有一枚鉑金鍊墜，他們一直把它戴在脖子上，從不摘下。鍊墜是愛心形狀的薄片，上面雕刻著極為精巧複雜的幾何圖形。這是他們某年的結婚紀念日禮物，是米莎送給他們的。

比起全面剝奪感知，持續的感知操控困難得多。米莎需要使用額外的法陣來加強技藝效果。

確認好父母的狀態之後，米莎走進廚房，開始為他們準備晚飯。明天一早，她又要辭別父母，被接回基地接受訓練。她在學會是導師，在培訓基地選擇的志向卻是外勤特務。訓練還挺辛苦的，她告訴自己，既然當年病歪歪的萊爾德都可以做到，那她當然也可以做到。

把飯菜端到餐桌上之後，她一回頭，正好看到矮櫃上的相框。相框中，媽媽瑟西懷抱著還是嬰兒的米莎，靠在外婆安琪拉身邊，安琪拉的表情有些呆滯。

米莎抬起頭，環顧四周，目光穿過玻璃房子的牆壁，掃過視野能觸及的所有角落。

「外婆，」她微笑著，輕聲自言自語，「長大之後，妳就再也不會害怕了，對吧？」

在列維・卡拉澤與萊爾德真正會面之前，他們先進行了幾次影像交流。第一次交流過程僅僅是間接接觸，兩方提前錄製規定時長的影片，然後由工作人員轉移交換。

具體操作起來還挺麻煩的，因為雙方錄製的影像資料的機密等級並不一樣。萊爾德的影片機密等級很低，是傑瑞拿工作手機錄下來，錄完之後透過內部網路傳給審核人員。傑瑞錄得太長了，最後成品還被人剪掉了一些。

而列維那邊十分複雜。他的影像被封存在拍攝設備內，不會進行任何形式的上傳和複製，除了指定人員外，任何人都不會接觸和觀看這段影片。

儲存著影片的設備由專人攜帶到萊爾德所在的醫療機構，然後工作人員選擇一個適宜的播放場所。在播放之前，相關區域將進行清場，清潔人員、醫務人員、保全人員等等全都會離開，只有指定人員和萊爾德本人可以觀看錄影。

萊爾德被帶到一間完全密閉且隔音的房間，他還開玩笑說這裡像間錄音室。他坐在輪椅上，兩個人陪在他身邊，一個是攜帶影片來這裡的陌生特務，一個是傑瑞。傑瑞也算是指定人員之一，可以觀看關於列維的影像檔案。

影片被保存在機型極為古老的掌上型家庭是攝影機裡，不連接任何其他設備，由陌生特務手持著為萊爾德播放。影片比萊爾德想像的要長，列維的狀態也比他想像中好。列維話說得不多，其中一大半都是在抱怨「為什麼要錄這個東西」。

在播放影片的過程中，傑瑞數次留意到那名外來特務的神態。在恆溫的室內，這個人緊張得腦門上都浮出了薄汗。

這次交流很順利，順利得幾乎有些平淡。幾小時後，傑瑞就接到了通知，要準備為萊爾德安排轉移了。萊爾德將被送往內華達州基地，第二次交流將在該基地內部進行。據說第二次交流會安排即時視訊，過程中使用的網路必須與外部隔絕。

傑瑞有點不能理解。從前這兩人也視訊連線過，傳輸時還用到了公共網路呢。既然從前可以，為什麼現在反而增加了這麼多嚴苛的條件？

這天，肖恩又去了傑瑞的公寓。自從傑瑞生日的那一晚之後，肖恩把「定期過來做客」變成了例行任務。

在這段日子裡，傑瑞也暫時找到了與肖恩舒適相處的方式：和他聊工作。聊工作是最穩當的，傑瑞自己不會難過到想大叫，肖恩也不會徒增不必要的疑惑。

傑瑞拿來威士忌杯，倒了可樂，放了冰塊，像喝酒一樣碰杯。他說了萊爾德即將被轉移的事，也說了自己的種種擔憂。

肖恩認真聽著，偶爾回應，他比傑瑞知道更多情況，甚至有些就是他親自參與的事情，但他不能透露內容。一旦遇到機密話題，他就直接說「我不能說」，傑瑞會點點頭，繼續說下一個話題，並不追問。

「我就是隨便想想，隨便說說，」傑瑞縮在沙發上，晃著杯子裡的冰塊，「也許我不小心就說對了一些事，也許我的想法全都錯得離譜……這不重要。既然你不能洩密，那你也不用糾正我。我就是覺得啊……他們在急什麼？他們為什麼突然變得這麼著急？」

肖恩問：「誰著急了？」

「我指的是湖床基地那邊。」傑瑞說，「你還記得嗎？當初是他們要將列維與萊爾德分開管理的，現在他們又要把萊爾德弄過去……而且，前些日子他們還滿從容的，只是預計要轉移萊爾德，但不太確定要安排在什麼時候；現在他們突然急切起來，這個週末就要進行轉移了。唉……這方面你比我清楚，你就是湖床基地那邊的人。」

肖恩捧著空玻璃杯，沒答話。傑瑞又遞給他一瓶可樂，他拒絕了，說對牙齒不好。傑瑞噗哧地笑了出來，顯得比平時放鬆很多。明明喝的是可樂，他卻表現得像是喝了酒一樣。

傑瑞繼續說：「我在想，為什麼你們派來的人那麼緊張兮兮？為什麼列維的影像檔案保管方式比從前更嚴格了？為什麼你們要讓這兩人見面，又要畏手畏腳？如果他們見面會帶來危險，那乾脆別讓萊爾德去不就得了？」

肖恩說：「湖床基地做出這些安排，當然是有一些特定的原因。」

說了就跟沒說一樣。傑瑞笑了笑，「我猜，是列維．卡拉澤的情況又有變化了……對吧？你們試過很多方式，一開始還有用，隨著情況變化，漸漸要控制不住了。」

肖恩問：「什麼是『方式』和『控制住』？傑瑞，你認為我們在對他做什麼？」

「不，根本沒到『做什麼』的那一步，」傑瑞說，「恐怕……你們連他『是什麼』都還沒搞明白吧。」

這次，肖恩沒有說「我不能說」，也沒有說「不是這樣」。他沉默了片刻，問：「那你所說的『有變化』又是指什麼？」

傑瑞說：「我哪知道細節？我只是猜想，那肯定是很不妙的變化，足以引起上面的重視……足以引起任何人的恐懼。為了應對這些變化，你們就打算再用萊爾德。你看，萊爾德就像一束南方老女巫新摘的草藥一樣，藥理不明確，副作用不明確，不能隨便想用就用，但它從前在危急時刻起過作用，所以現在你們也打算冒著風險，再試用一次。」

肖恩把杯子放回了桌上。杯底與桌面碰撞出輕響時，他的嘴唇微微抿了一下。傑瑞敏銳地辨識出，那是一個還未展開就被收回的笑容。

其實肖恩經常微笑，即使是「現在」的肖恩也經常微笑。他在幾年前甚至去做了美容牙套，傑瑞一直覺得那些牙齒實在是白得過於嚴謹了。在陌生人眼裡，肖恩的笑容一向正直而熱忱，十分能博取信任。

但剛才那個細小的表情不一樣。別人也許分不出區別，傑瑞卻能看出來。這次肖恩沒有「故意」露出微笑。

「你還真是挺會說的，」肖恩稍微側過身，直視著傑瑞，「只說模稜兩可的詞彙，不說術語和細節。這麼一來，你似乎猜到了很多不該知道的事情，又似乎什麼都不知道。」

「如果我說對了細節呢？會怎麼樣？」

肖恩說：「要看具體內容。輕則要接受調查，如果風險太高的……」

傑瑞苦笑了一下，又從地上拿起一瓶可樂，「沒關係，亂猜又不算洩密。你看，關於五十一區的話題滿天飛了好幾十年，只要沒標出湖床基地的入口位置，也沒描述你們辦公室的擺設，就不需要對那些貼文作者封口，不是嗎？」

肖恩笑了笑。這次是假笑——傑瑞在心裡判斷道。

傑瑞說：「這些話題對現在的我來說是機密，也許將來就不是了。」

「什麼意思？」

「我提出調職了。」

「調去哪？」

「跟著萊爾德一起去湖床基地。這次當然不行，但將來我有可能調過去。」

肖恩微微皺眉，說：「我不建議你過來。我可以誠實地告訴你，如果有人詢問我對這件事的意見，我會明確表示反對。」

傑瑞問：「怎麼，不願意讓我過去嗎？既然這麼不樂意和我共事，幹嘛還沒事就往我家跑？」

肖恩說：「我們小時候，我也經常往你家跑。」

這句話讓傑瑞恍惚了一下。語言往往能帶動畫面，在短短幾秒內，傑瑞又看到了當年肖恩爬屋簷的姿勢，聽到了他敲窗戶的聲音。這些東西就像海島上的對流陣雨，突如其來，又轉瞬即逝。

但肖恩沒有給他太多回味往昔的時間。肖恩繼續說：「閒談與工作不同。傑瑞，我不建議你過來。相信你也知道，湖床基地在這幾年撤換了大批工作人員，也更改了安全管理方式。因為那裡比從前更加危險，而且……是那種尚不明確的風險。」

傑瑞笑了笑，把玩著玻璃杯。裡面的冰已經全都化了，新倒進來的可樂還是滿的。他已經喝不下更多碳酸飲料了，但就是想盯著杯子裡剔透的黑色。

他低著頭說：「還記得嗎？某種意義上來說，這一切是從我這裡開始的。我和你在派對上看到了那扇門，我縮到一邊，讓你去面對各種詢問。然後我偷偷聯繫節目製作單位，找來了列維．卡拉澤。接著，這件事又引來了我哥哥萊爾德……」

「我不認同這個說法，」肖恩說，「我們是經歷者，但不是引起事件的人。」

傑瑞沒有理會肖恩的反駁，他繼續說：「你還記得過去的我嗎？十六歲的我。我對那扇門又怕又好奇，非要拿手機拍下來，非常想參與探祕……你就當我還是十六歲吧。我沒變，還是那麼愚蠢，那麼不知輕重。肖恩，我一定會爭取機會到湖床基地去。」

肖恩說：「如果你只是擔心萊爾德，我可以向你承諾，會有專業人士盡心地照顧他。我個人堅決反對你調職，如果你還是不放心，我的建議是……」

傑瑞打斷他的話，「我才不管你怎麼想呢。你忘了嗎？我從小就很自私。我一直都這麼自私。」

被轉移之前，在目前這個醫療機構的最後一晚，萊爾德像從前一樣整理著自己的記憶。先隨便寫下來，再慢慢修整成易於理解的標準報告。

今天他睡得比平時更晚，一方面是因為他的體力比以前好，另一方面是因為他知道自己明天就會離開這個地方，他不能帶走這臺電腦。

萊爾德在午夜前後入睡。平時，他會在清晨五點多醒來，因為六點時會進行一次抽血。萊爾德曾經問護理師能不能不要起床，能不能繼續睡，護理師想抽血就隨便抽好了……答案是不行，他一定要徹底醒過來。過了一段時日，生理時鐘慢慢形成了，他每天醒來的時間前後差不到五分鐘。

被轉移的這一天，他卻沒有在五點清醒。他繼續舒舒服服地沉睡，做著很長很長的夢。人記不清睡眠時的每一個夢。當後一個夢開始上演，前一個夢就會粉碎在記憶中。可不知為何，萊爾德似乎記住了每一個夢，甚至記住了每個夢切換的瞬間。

也許只是錯覺，也許他根本沒記住那麼多。也許這些單元劇屬於同一場夢境，只是時間橫跨的幅度太長而已。

也許在它們之前，還有更龐大、更細密、更幽邃的無數個夢境……萊爾德不知道事實究竟是如何。誰都不知道。

第一個夢，是他在和傑瑞談話。夢中他沒有坐輪椅，他的身體完全康復了，傑瑞仍是現在的年紀，但沒戴眼鏡。他們坐在沒什麼特徵的家庭餐廳裡，吃著普通的速食。他桌上的醬汁沒有味道，鹽和辣醬好像也壞掉了，他向服務生要了新的，新的也一樣沒味道。

傑瑞坐在他對面，碎碎念地說著什麼，看上去完全像個成熟的大人，有些神態甚至讓他想起他們的父親。

在他拿到第四瓶醬汁時，列維・卡拉澤從門外走進來，一臉不高興。他雙手撐在桌子上，質問萊爾德為什麼遲到，為什麼還慢吞吞地在這裡吃東西。萊爾德解釋說：醬汁沒有味道，任何食物都沒有味道……說到一半，他自己也意識到，這好像和遲到沒什麼關係。於是他站起來，嘻嘻哈哈地道歉，跟著列維走向門外。傑瑞獨自去結帳，看上去還真有點可憐。

推開餐廳大門的那瞬間，萊爾德想起來了，今天他和列維要一起去調查某間「鬼屋」，他們約好了在屋前見面，但他一直在餐廳裡耗時間。

列維先走出去，萊爾德緊隨其後。餐廳的門很重，要兩隻手頂上去才能推開。

第二個夢裡只有萊爾德一個人。他蜷縮在宿舍窄床的一角，橘色的柔和燈光從肩膀斜上方投下來，只能照亮眼前的一小塊區域。

他讀著厚厚的資料，從各種筆錄和採訪記錄裡尋找值得注意的東西。他不停地揉眼睛，因為視線實在是太模糊了，紙上的字全都像隔了一層水霧。他拚命想看清楚，想把所有線索盡收眼底，越是這樣，那層水霧就越是厚重，幾乎要從眼前蔓延向外界，占滿這間本來就不大的培訓人員宿舍。

漸漸地，他意識到，這層水霧也許是自己的眼淚。因為，他雖然看不清資料中的細節，卻能看清那些浸透紙張的痛苦。

他看到，黃昏的時候一群孩子在嬉戲，其中一個男孩消失在籬笆牆後面。從這個黃昏之後，他的父母再也看不見清晨，他最好的朋友終生不敢再念起他的名字。

他看到，一家六口走入遊樂園中童話般的城堡，長子領著三女走進一扇門。出來的時候這個家庭只剩下四個人，這四個人的一生從此墜入深淵。

他看到寫訪談的人強調著懸念和恐懼，可在懸念與恐懼之外，真正蠶食靈魂的是無盡的悲傷。他看著這些留在原地、未曾出生的人，同時他也看著自己的過去與現在。

他站起來，推開宿舍的門。與昏暗的宿舍相比，訓練基地的走廊明亮得刺眼。

他擦乾眼淚，走出門去，被白光吞沒。

第三個夢裡他是丹尼爾。他在房子裡漫無目的地走來走去，手裡拿著一份紙質資料，上面印著某個嬰兒的生日和姓名。他根本不知道這個嬰兒是什麼時候出現的，反正不是紙上說的那個日期。

他想起了自己的父母。媽媽生下了伊蓮娜，生下了他，胎兒的夢境結束了，他們出生了。他們出生了，他們的夢境結束了。多年後，父親和母親病逝，他們出生了，他們的夢境結束了。

丹尼爾注視著樓梯，伊蓮娜站在樓梯轉角的平臺上，懷抱著「那個東西」。方尖碑在她身後投下巨大的黑影，把丹尼爾的身影也籠罩其中。丹尼爾先是向著方尖碑伸出手，接著又畏懼地開始後退。

全世界都睜開了眼睛，看著伊蓮娜懷中的「那個東西」，這讓丹尼爾想起自己剛剛出生的時候，第一次睜開眼睛看著這個世界，世界也第一次凝望著他。

但是人怎麼可能記得自己出生時的畫面？這肯定只是文學性質的想像。我還沒有出生。

丹尼爾轉身跑向屋門，姐姐的聲音一路跟隨著他：不是異常，不是災禍，不是聖恩，也不是天罰。不是狹隘的、功利性的知識。這是新生。學會為人類引路，而我為學會引路。

跑出門之後，萊爾德做著第四個夢。

風暴與巨浪合奏成怒吼，漆黑的天空被銀光劈裂。他從甲板上落入大海，走進門中，開始了漫長的跋涉。他做了無數的夢，忘掉了無數的夢，他只能記得最近的夢境。忘掉的那些就算了，他不想回去找了。

他走出灰色樹林，望著斷崖下方。他看到了萊爾德。他像從前一樣告訴萊爾德，殺掉所有拓荒者……殺掉所有拓荒者……

萊爾德問他為什麼，他指著萊爾德的心臟。

萊爾德低頭看著自己的胸口，卡帕拉法陣發出微弱的光，細小的線條浮現在黑色衣襟上，慢慢爬滿他的全身。萊爾德意識到，其實我知道「為什麼」，只是我無法完全理解它。就如同，我已經知道我在做夢了，可我仍然無法理解什麼才叫做「醒來」。

萊爾德轉過身，背對灰色獵人，望向斷崖高處。

一隻手從崖頂蜿蜒而下，它細長而銳利，穿過萊爾德的指縫，纏繞著他的手臂、肩膀與腰背，沿著他身體內部的光脈，纏繞住他的全身。

萊爾德慢慢升高。靠近崖頂時，列維一臉焦躁地握住他的手，對他說：快點，我們得繼續走了。

他與列維先後推開門，身後依稀還是第一個夢裡的餐館。他們走上僻靜的街道，站在蓋拉湖精神病院的山丘下。

第五個夢剛開始的時候，萊爾德還以為自己醒了，很快他又意識到並沒有。

實習生坐在他身邊，一隻手拂開他額頭上的亂髮。他抬起手，仔細觀察，想看看自己是小孩子還是大人，他分辨不出來，因為他的手深陷在他無法理解也無法定義的物質之中，他看不見它。

實習生說自己和老師就快離開了，但將來他一定會回來探病。那時候，他們就不再是醫患關係了，他可以把名字告訴萊爾德，甚至在萊爾德出院後，他們還可以繼續見面。

後來的幾年，實習生一直沒有回來，萊爾德也根本不在乎這件事。

萊爾德看著自己溜進工具間，爬上窗戶。他認出了這個畫面，這是他大約十五歲的時候。他沒想死，但也不怎麼在意這具身體。推開窗戶的時候，他心懷希望，期待著見到父親，見到外婆……他甚至也想見繼母和弟弟，雖然他與繼母沒什麼深厚感情，但她唱的歌真的很好聽。比這幾年他聽過的所有聲音都好聽。

他隱約感覺到，他想見的名單裡還有某個人……但他一時又想不起來還有誰。

他想見的人太多太多了，也許是其他親戚，也許是幼年時鄰家的小孩，也許是學校裡的誰，也許是哪個對他非常好的護工……他懶得再想，乾脆地一躍而出。

第六個夢是最後一個夢。

萊爾德坐在柔伊的房間裡，站在衣櫃前，背對著柔伊。柔伊把衣服鋪了滿床，一件又一件換上，每次換好了，她就叫萊爾德轉過身來，幫她出一下意見好不好看。

萊爾德在這耗了快一個小時，已經有點不耐煩了，但他不想讓媽媽失望，就還是耐著性子認真給出建議。

再一次轉身看著衣櫃，背對柔伊的時候，柔伊輕笑著說：你可不要又鑽進衣櫃裡去。

萊爾德抱著雙臂說：當然不會了，我都二十五歲啦，又不是五歲。

五歲的時候，他也曾這樣看著媽媽試衣服。柔伊在小事上多少有點神經質，只是個同學小聚，她卻會為此抓狂好幾天。萊爾德有些無奈，但他並不排斥這樣的媽媽。

今天的媽媽也在為老友相聚而焦頭爛額。她從來不擅長打扮，卻又非常介意別人對她的看法。於是萊爾德向她提議：我的眼光也沒多好啊，妳應該問問女性朋友。

這倒提醒了柔伊，她去打了通電話，邀請了一位女性朋友來吃晚飯，順便幫她選選衣服。

柔伊的朋友如期而至。萊爾德為她打開門，她與萊爾德擁抱了一下。她是個嬌小的女人，笑容猶如晨曦，柔順的棕髮披在一側肩頭，身上淺淺的藍灰色連身裙有種八〇年代的復古韻味。

為她打開門之後，萊爾德不自覺地望著她身後，久久沒有關上門。

柔伊問他在看什麼，他回過神來，自己也說不清是在看什麼。他總覺得應該還有誰……還有誰，與這位美麗的女士有所關聯，與他也有所關聯。

他總覺得，當他打開門之後，看到的應該不是那位女性，而是另一個人……或者別的什麼。

萊爾德真正醒來的時候，他躺在陌生的房間裡。

對面牆壁上掛著銀邊黑底的電子鐘，現在是下午三點多。這個房間的風格和上一處地點類似，都包含一些病房的標準設備，但萊爾德能看出二者的差別。

他暗暗感嘆，多年前他進入機密設施的時候，只是被戴上隔音耳機和黑色布袋而已，現在這些人也真是厲害，竟然乾脆讓他全程沉睡。

夢境在他腦子裡逗留了不到五分鐘，等他慢慢爬起來的時候，六個片段全都煙消雲散了。

兩個醫生模樣的人走進來，一位拉過椅子坐在床邊，問萊爾德感覺如何，另一位一言不發，默默確認著各種監護設備的讀數。

簡單溝通之後，醫生叫進來兩個強壯的男人，據說是萊爾德的護工。有些區域醫生不會進入，但護工會跟隨他一起行動。

接下來，萊爾德要跟著醫生去別的房間進行進一步檢查。一名護工迎到他面前，伸手要來抱他。

萊爾德仍然很排斥與人發生大面積肢體接觸，前些年他昏昏沉沉時倒還好，反正什麼也感覺不到，現在他有精神了，就盡可能地自己移動自己。

被有肉有溫度的東西碰觸，總會令他想起黑暗中蒼白雙手的觸感，想起體腔內側每一道肉眼不可見的傷痕，想起羽化過程中再被攪拌回毛毛蟲狀態的感覺。在另一座設施中，萊爾德能自己挪到輪椅上，他已經有這個力氣了，但在這裡不行。護工直接過來把他抱上輪椅，他不斷謝絕，護工理都不理。

萊爾德總覺得這些人怪怪的。醫生和護工都是。是他們的態度太冰冷嗎？好像冰冷並不足以形容他們的神色。其實他們的態度並不差，但會透出一股慵懶的漠然感。

完成檢查後，在這天接下來的時間裡，萊爾德基本上無事可做。護工還挺體貼，拿來了一些雜誌給他看，都是幾年前的書，旅遊資訊都已經過期，時尚圖片恐怕也不是當下的流行走向，但對萊爾德來說，它們卻都是未來的景象。

晚餐之後，萊爾德本來以為今天自己會失眠，畢竟他下午才醒過來。誰知生理時鐘如此管用，他在午夜之前就靠在床頭睡著了。

這一晚，萊爾德沒記住任何夢。

再醒過來的時候，首先映入他眼簾的是那兩個護工的臉。一名護工幫他把床頭升起來，調整好頸枕，另一人檢查他身上的各種設備。兩人各自忙碌，根本不和他溝通。

他不在之前的地方，而是身在一個更昏暗、更空曠的房間裡。室內擺設只有他身下的簡易醫療床，以及對面牆上的一塊螢幕。螢幕是打開狀態，畫面呈現著一片森林的照片，很像那種家用電腦系統的開機畫面。

萊爾德低頭看了看自己，他佩戴著挺複雜的無線體徵監護設備，頭上有個圓環，圓環上彎下來的弧形物似乎是監視器。這東西肯定讓他看起來像條燈籠魚。他唇邊有麥克風，兩個護工戴了耳麥，但他沒有。

現在萊爾德對這座基地非常有意見……他們怎麼動不動就麻醉別人？明明用黑布袋、眼罩、隔音耳機就能帶他過來，他們卻非要把人弄昏迷。

這時，護工對他說了見面以來的第一句話：「準備，已接通，開始了。」

螢幕上的森林消失了，取而代之的是一面牆壁。牆上鋪著防撞墊，是乾淨的淡綠色。鏡頭突然切換，出現了一張塑膠小圓桌，畫面只持續幾秒，又變了，這次是另一處牆壁，綠色防撞墊有些破損，牆邊的地上擺著一臺機型古老的電視機，螢幕上是萊爾德的面孔，顯然它正在接收這邊的畫面。電視旁邊還有播放機、光碟和一些書本，平時列維大概可以拿它們排遣一下無聊。

萊爾德注意到，其中一名護工的手插在上衣口袋裡，正在點按著什麼。隨著他輕微的動作，畫面又換到了另一處，這次是個牆角，有矮牆和馬桶。這和他想像中不同。他還以為列維會坐在桌子前與他視訊對話……現在看來，他們沒有專門為列維設置攝影機，他們直接把監視器器畫面連接過來了。因為不知道列維在哪個角落，所以這名護工正在切換不同位置的監視器。

萊爾德非常困惑，「為什麼要用監視器畫面？為什麼不讓他在某個地方等著？」

護工模糊地應答了一聲：「嗯……是啊。」

「你們這麼缺人手嗎？」

「嗯……」

萊爾德嘆口氣。看來無法溝通。他再抬頭看向螢幕時，螢幕右下出現了一塊黑斑。

萊爾德呼吸一窒。

有時候，人會產生錯覺，以為餘光裡出現了什麼東西，或是突然抬頭看向某處時，把正常的物體錯看成其他形態。一旦你專心盯住那些方向，只會看到很普通的東西。比如以為是一張臉，其實只是衣服的皺褶，形狀也根本不像臉。

當萊爾德看到列維時，也差不多是這個感覺。

棕色頭髮的列維．卡拉澤一閃而過。他只是餘光裡的錯覺。

當萊爾德完全看清螢幕中的畫面時，他看見的是「另外某個東西」。他對它也很熟悉，他與它相處過很長的時間。

萊爾德注意到身邊的兩個護工。他們多半也看到了同樣的畫面，從他們的反應裡能分辨出，他們正看著的畫面，絕對不會是平凡無奇的棕髮男人。

護工們的眼中有一丁點畏懼，也有一些困惑，肢體動作上顯現出些微厭惡，但他們表現出的抗拒並不算嚴重，完全在可接受範圍內。他們的神色令萊爾德想起一種狀態，人們在電視前看《災難實拍記錄》，一邊看一邊嘖嘖感嘆，心中確實也有敬畏，但更多的，其實是淡漠和隨意。

萊爾德忽然明白了。這地方的醫師、護工之所以有著奇怪的氣質，多半是因為神智層面感知拮抗作用劑……即使不是它，也是類似於它的某種藥物。

甚至有可能不是藥物，而是某種更永久、更徹底的改變……

「你們都幹了什麼啊……」萊爾德低著頭嘟囔著。他知道麥克風的另一邊會有人聽見。

一名護工提醒他，「看螢幕。」

「我看了。」

「繼續看。」

萊爾德沒有立刻服從指令。他重重地閉了一下眼睛。眼皮遮罩形成的黑色之中，滲透著深紅色的斑駁雜色。他抬起右手，放在胸口，視野裡擦出一道火星，就像有人在黑暗中點燃火柴。

卡帕拉法陣啟用時，心臟爆發出尖銳疼痛。

萊爾德向後靠在墊子上，咬著牙，疼痛從胸口開始蔓延，行走在五歲時留下的所有拼接痕跡上，痕跡位於每個內臟的表面、腹腔壁、肌外膜、皮膚內側……現在萊爾德再也不會因此而昏倒了，他保持著清醒，維持著對法陣的控制，抬眼望向螢幕。

同一時刻，螢幕突然變得很近。兩個護工也都感覺到了，螢幕近得貼到了鼻尖，不僅貼著自己的鼻尖，也貼著其他人的……明明三個人的前後位置相差很大。

空間感完全錯亂了，螢幕邊框形成抖動的黑色煙霧，甚至尖叫著蒸騰起來，空氣裡充斥著窸窸窣窣的絮語聲，聽不懂，也驅趕不掉。

前一分鐘，護工切換著不同位置的監視器畫面，尋找列維身在哪個角落。而現在，無論他們怎麼切換，是否切換，每個畫面裡都有「那個實體」的肢體。

它盤踞在極寬闊的空間裡。空間中有大量寬闊且作用不明的區域，也有些小角落帶有人類生活氣息，當「那個實體」在其中遊移著、擠壓著、收縮著、感知著、閃爍著、變換著的時候，整個空間區域就好像一大塊未完成的樓層模型，有的地方極具細節，有的地方毫無特徵，還有的地方被黑暗吞沒。

萊爾德注視著它。小時候在醫院裡，他也見過它很多次。在他完全清醒時，他看不見它，只能看見實習生；在他意識飄散時，半夢半醒時，他只能看見它，看不見實習生或其他醫護人員。

現在……這一切好像反過來了。

剛才，萊爾德「一不小心」就看到了列維．卡拉澤。就只在短短的半個眨眼間。現在他精神專注地看著前方，他能看清的只有「那個實體」。

天花板和四壁呈現融化攪扭的狀態，螢幕仍被固定在原處，又同時貼在萊爾德的眼球表面。畫面裡的實體向他探近，在他面前劃出一道小小的波紋。

萊爾德雙眼的對焦改變，從盯視遠處，改為注視著那些小小的波紋。波紋就像細小的灰塵，也很像望著晴朗明亮的空曠處時，眼睛會看見的那種小小「爬蟲」。波紋還很像海面上的漩渦，在唐璜號的船體下打開一扇通向天空的門……萊爾德的眼前綻放著無數這樣的小小波紋，它們一個個都形成了門扉，色彩各不相同，如針尖般細小，又如辛朋鎮一樣寬闊，可以融入室內每一顆塵埃，也可以張嘴把整片沙漠吞下。

萊爾德的指尖輕觸到一顆波紋，關上了其中一道門，但更多門扉仍然展開著懷抱。螢幕裡的觸肢好奇地在門外晃動把手，同時又把尖刺從門內向外試探。

實習生說：「別怕，就快結束了。」

「快結束了是指什麼？」萊爾德問，「是我快要可以出院了嗎？」

實習生撇了撇嘴，「出院的事不是我們說了算，我們只管專項治療。」

萊爾德問：「那你說的是什麼快結束了？」

實習生小聲說：「你的專項治療就要收尾了。」

突然，視野一片漆黑，伴隨著低沉而微小的「嗡」聲。

波紋不見了，融化的螢幕邊緣也看不見了，其實它還在那，而且並沒有融化。接著，萊爾德又聽見「喀噠」一聲，黑暗被緊急照明照亮，室內呈現一片晦暗的紅色。

是斷電。兩秒鐘前，這個區域的電力被切斷了。螢幕黑掉了，監控設備斷線了，網路傳輸也中斷了。

萊爾德身上的無線監護設備還在運作，護工的耳機也還能傳輸。大概遠端工作人員使用的是另一套線路。

一名護工根據耳機裡的提示，語氣平緩地對萊爾德說：「這次交流結束了。」

萊爾德仍然靠在傾斜的醫療床上，注意到頭環上彎向自己的監視器，以及那條讓他像燈籠魚的連接線。原本它向著他的臉朝內彎，形成弧形，現在它偏向一側，就像是剛才被什麼東西擠壓所致。

反正萊爾德根本沒有碰過它。

第二次交流結束了。事後萊爾德得知，斷電並非意外，而是故意為之。有人認為交流必須結束，而且最好能採取最快的手段結束。

這裡的人不需要他寫報告，只進行面對面訪談。接下來的兩天裡，萊爾德見過幾位不同的醫師，其中有幾個多半不是醫師，他們帶來的檢查項目不同，提的問題不同，但在萊爾德看來，他們的氣質全都驚人地相似。

第三天的凌晨五點，萊爾德聽見腳步聲，又一次從無夢的睡眠中醒了過來。只有一個醫生走了進來，護工不在。醫生看他醒了，就叫他準備一下，出去做其他檢查。這一次，萊爾德終於可以自己把自己移動到輪椅上了。

到了臨近中午的時候，醫生端著裝午餐的托盤，叫萊爾德跟著他走。萊爾德跟著他，自己推著輪椅進入一間小會議室，醫生把托盤放下，默默離開。萊爾德知道這些人古怪，所以也沒多問，問了也沒意義。

他花了十幾分鐘吃完東西，把輪椅推到門邊，仔細聽著外面的動靜。走廊很安靜，但並非空無一人，在比較遠的地方有人踱步，忽近忽遠，多半是保全人員。

萊爾德忽然想起自己的少年時代。那時他也經常像這樣趴在病房門口，分辨走廊上是否有聲音，判斷巡夜的護理師是否在附近。

他從門口移開，回到之前的位置。這時，門動了，一個身穿軍裝的青年走進來，反手關上了門。會議室明明足以容納幾十個人，但要參加會議的人並不多，只有他們兩個。

青年軍人拉過一把椅子，滑到萊爾德面前，「我們正在準備第三次交流。在開始之前，還有一些時間，我來和你談談。」

「你是……肖恩？」萊爾德盯著他。

萊爾德聽傑瑞提過肖恩的近況，但還沒有真正與他交談過。

肖恩沒有半句寒暄，臉上也沒有一丁點久別重逢的好奇。他只是輕輕點頭，以示應答，然後問：「關於這次交流，你有什麼疑問或者建議嗎？」

萊爾德對肖恩的印象還停留在從前，他只能回憶起那個穿著恐龍家居服、一臉氣呼呼表情的黑皮膚高個子少年。看著現在的肖恩，他總覺得有些不適應。

他嘆口氣，問：「那兩個護工是怎麼回事？」

「你的護工？」

「還能是誰的？」

肖恩微微歪頭，「你的疑問是什麼？他們有任何不妥之處嗎？」

萊爾德看著肖恩，呆滯了好一段時間。他想像過肖恩的近況，有一定的心理準備，可是真的面對面交流起來，他的喉嚨就像被什麼東西黏住了一樣。

萊爾德整理了一下思緒，決定不要繞圈子，還是直接問比較好，「他們不太一樣……和一般人不一樣。他們吃了什麼東西？或者……做了什麼手術？」

肖恩說：「如果你指的是我的腦部損傷……他們沒有。他們並沒有接受過類似手術。」

「那就是藥物了？」萊爾德問，「我吃過那個藥，傑瑞也是。你應該比我更清楚傑瑞現在的樣子吧？他連打字都打不了……」

肖恩說：「我們使用的藥物並非來自學會的原始版本，安全性已經有了很大的提升。接受此項醫藥輔助的工作人員，也都經過了嚴格篩選。」

「停藥後他們就能恢復原來的樣子？」

「不能。」

「什麼？那……」

肖恩打斷了他的話，「二〇二四年，當你和列維・卡拉澤回來的時候，一支十五人組成的探索隊與你們正面相遇，其中包括傑瑞。在那次行動中，六名隊員陣亡，七名隊員出現嚴重精神障礙，伴隨各不相同的生理症狀。其中三人病情較重，表現出徹底的腦功能定位能力喪失與人格解離，餘下的兩人受影響較輕，其中包括傑瑞以及一位中年女性。有專家認為，此二人受影響較輕可能與他們的病史有關，他們都有中樞神經損傷的經歷，並且都出現過意識障礙，並有明顯的後遺症。」

萊爾德靜靜地聽著，一時沒明白肖恩想表達什麼。他聽說過二〇二四年那天的事，但知道得很籠統，而且也不知道那些人的後續狀況。

肖恩接著說：「同年的不久後，我與列維．卡拉澤進行面談。這一項不謹慎行為引發了意外事故。在場人員中，兩名警衛與一名管理人員因此受到身心重創，症狀與搜索隊員們類似。同時，在另一地點，通過即時視訊觀察情況的人員也受到了傷害，但多數人只受到短期影響，其中少數人出現後續精神障礙，但程度尚可接受。只有兩人病情嚴重，程度與現場人員相當。

「從二〇二四年至今的幾年裡，類似事故又小規模發生過幾次，累計共涉及六名工作人員，均為保全人員與護理人員。事故均發生在與列維．卡拉澤進行正常交流的時候。」

「那些人……現在還在治療嗎？」萊爾德問。

「不。病情嚴重的人員都已經結束治療，並調職到了這裡。到這裡之後，他們接受了必要的醫藥輔助，繼續在新的職位上工作。現在，他們生活能力正常，精神高度穩定，既可以保持警惕，又不會出現認知崩潰。測試與實踐證明，他們已經變得非常適合參與這類事務了。」

萊爾德花了幾秒鐘消化這些東西。

他漸漸露出驚訝的表情，「你的意思不就是……這些年裡瘋掉了不少人，於是你們把他們湊成一堆，瘋掉的人全都留在這裡工作？多虧了那個來自學會的藥物配方，現在他們什麼都能接受……就像被切掉了某些腦區的你一樣？」

肖恩說：「我與他們並不一樣。我與他們的相關檢查結果並不吻合，甚至有些地方截然相反。我的認知會引起洞察效應，他們則不會。但從另一個角度說，我們又確實很相似，我們在面對列維．卡拉澤的另一特徵時，精神都較為平穩，即使出現負面的心理反應，也能保持在可接受範圍內。」

萊爾德苦笑了一下，「聽你這麼說完，我已經能猜出自己在哪了……這地方在沙漠裡，戒備森嚴，周圍荒無人煙，你休假時要靠飛機離開。這裡不是湖床基地，它比我知道的那個湖床基地更加偏僻、更加隱祕。」

「為什麼你會這樣猜測？」但肖恩沒說這個猜測對還是錯。

「因為你們一定察覺到了，有列維在的地方，就很可能會變成另一座辛朋鎮……甚至更糟。」萊爾德的雙手交握在一起，以此來抵消顫抖，「列維不僅要在地理上與世隔絕，也要在感知上被隔絕開來……一旦發生了某些事，這裡要完全遠離一切文明。那些工作人員……他們也是牆壁的一種。他們無論如何也不會陷入狂亂，所以也不會散播狂亂。至於你，也許當你面對列維時，你的觀察會引發一些事，但畢竟你影響不到這些『絕對不會發瘋』的人，所以你和他們是絕佳的團隊搭檔。」

萊爾德提起辛朋鎮時心有餘悸，但肖恩的臉色沒有任何波動。肖恩注視著萊爾德，似乎在等著他繼續說下去，但萊爾德不再說話。

等待了片刻之後，肖恩問：「上次你是怎麼做到的？」

萊爾德抬起頭，「做什麼？」

「讓他回到穩定狀態。」

萊爾德琢磨了一下，問：「你是說，讓他看起來像……我們都認識的那個人？」

肖恩點點頭。

萊爾德緩緩搖頭，他說不清楚。

二〇二四年，在他與列維回到「這邊」的時候，他的所有傷口都開始大量失血，所有痛苦加倍浮現，生命開始從每個毛孔裡流逝……那時候，他閉上了眼，迷迷糊糊地說著：我們不該回來的……然後，他試著使用卡帕拉法陣，想把算式陣畫在自己身體內側，他一邊嘗試，一邊睜開眼，在迷離的視線中，他看到了列維．卡拉澤。

是從前那個列維，微長的棕色捲髮，穿著攝影背心，全身的衣服都有點髒。這個畫面一閃而過，萊爾德便因為重傷而失去了意識。

同年不久後，他被從誘導昏迷中喚醒，整個人虛弱得像一片枯萎的草葉。他在牆上的螢幕中看到了列維，列維穿著灰色的圓領套裝，雙手被銬在桌面上，一臉焦急與迷茫。那時萊爾德的身體情況還太差，他幾乎說不出話，眼睛也很快就看不清東西了。

萊爾德說：「我明白你們想讓我做什麼了。」

肖恩說：「好的，那麼你打算怎麼做？」

「我沒辦法解釋。我不能解釋清楚，也解釋不清楚。嗯……我想一下……」

他來回掃視房間，看到天花板上的頂燈。

「你知道從前有一種燈泡嗎？」萊爾德指了指燈，「在我小時候那種燈很常見，光很亮，好像還挺節約能源的。有人認為它對眼睛不好，因為它會產生比較嚴重的頻閃效應。把一個旋轉測試物放在它下面，在一定條件下，這個東西就像是一動也不動。」

「我知道你所指的現象。」肖恩說。

萊爾德說：「你們可以認為，列維在旋轉，而且你們能看到他在旋轉。如果我可以打開那盞燈，他看起來……就會變成靜止的東西。」

「那麼你可以打開那盞燈嗎？」

萊爾德輕輕一笑，「即使我可以，它也不可能永遠發光。」

「那你要怎麼做。」

「點亮它，然後再用別的方法。我沒辦法說得很清楚……」

肖恩剛要回答，他的微型耳麥裡響起了聲音，他一手按在耳邊，仔細聽著，最後回覆了一句簡短的確認口令。

他又看向萊爾德，「交流已經準備好了。所剩時間不多，我得把該說的話說清楚。這次你仍然會佩戴無線體徵監護設備，但不會再有麥克風，也不會有護工陪同。在你進入交流區域後，我們會封閉該區域，以你的體徵監測資料來判斷情況。」

「好的，怎樣都行，反正我又管不到這些。」

肖恩看了一眼手錶，「時間不算多了。你還有什麼別的問題嗎？」

「有。」萊爾德抹了把臉，「之前我看錄影的時候，是一個普通特務和傑瑞陪著我的。他們沒有危險嗎？」

肖恩說：「他們沒有危險。錄影和即時互動不太一樣，在測試你對錄影的反應之前，我們已經用其他方式驗證過這一點了。至於具體的驗證過程，我不能對你多說，這可能會影響你將來的認知。」

「是因為錄好的東西不會收到回應，不會產生即時變化？」

「可以簡單地這樣理解。」

萊爾德說：「好吧，那麼，最後我還想說一些建議。希望你記下來，不多，但很重要。」

「我會記下來。」肖恩點點頭。

「我建議你不要故意去修補和傑瑞的關係，順其自然更好，否則你會一直很困惑，不知道怎麼做才對，傑瑞也會一直很痛苦，會更加疲憊。」

肖恩沒有任何表示。沒提出質疑，沒有反駁，也沒有認同。

萊爾德又說：「據我所知，我的父親和繼母目前身體健康，生活過得還算平穩。傑瑞告訴我，父親知道我再次失蹤的事，但不知道我又回來了。我建議……不，我希望，希望你們能為我偽造一段經歷，隨便什麼都好，內容要顯得幸福一點，比如我移居到了其他國家什麼的，一看就是不會回來了的那種。不要虛構死亡，也不要搞成入獄，這些會讓別人徒增愧疚……還有，這份消息要經得起驗證，看起來是最終的真相。這真相要傳到我父親耳裡，讓他知道我根本沒有失蹤，只是不辭而別，拋下了原來的生活而已。這個任務不要讓傑瑞來做，傑瑞對我的行蹤『毫不知情』。目前他對外是這麼聲稱的，那麼將來也是。」

萊爾德說著的時候，肖恩在手中的平板上寫寫畫畫。對萊爾德提到的事情，他一件也沒有反駁，最後，他鄭重地點了點頭，「好的。」

「還有一件事，」萊爾德說，「我名下有一棟老房子，外婆留下的。傑瑞告訴我，房子仍然被保護著，也仍然歸我所有，在我失蹤期間，從前的部門同事們幫我處理了一切麻煩事。現在我想把它賣掉，錢交給羅伊和艾希莉的家人，至於為什麼給他們錢……你們可以編出一百個理由。你應該還記得羅伊和艾希莉是誰吧？」

肖恩說：「當然記得，我與他們的家人保持著聯繫。」

「哦，還有，這件事也不要讓傑瑞去經手。讓其他人去做，誰都可以。」

「這不難。」肖恩問，「還有嗎？」

「沒有了……」萊爾德伸了個懶腰，輪椅發出輕輕的摩擦聲，「那麼，帶我去和他見面吧。我還挺想他的。」

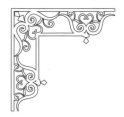

SEEK NO EVIL

CHAPTER FOURTY ONE

【孤燈】

提出調職申請後，傑瑞原以為得等幾天才能有回覆，誰知第二天一早他就收到了結果。調職被拒絕了，上面並沒有解釋原因。

傑瑞不打算就此放棄，他決定花點時間做準備，尋找下個機會。

萊爾德離開後的第二天中午，傑瑞和幾名同事驅車來到一座看上去頗有年代感的莊園門前。門邊的木頭立牌上寫著「晨曦兒童之家」。這就是萊爾德提到的那個地方。二〇二四年，萊爾德與列維出現的同時，這裡也有人目擊到不協之門。目擊地點是一間活動室內，裡面有淡橙色的壁紙，上面掛著相框，貼著蠟筆畫。

為調查相關事件，傑瑞提前做了充分準備。他查了關於這家兒福中心的各種負面新聞，翻出了一件多年前的案子。案子內容大致是工作人員過失導致兩名兒童受傷，和「門」沒有半點關係。如今，當年的受害者已經有了新家庭，離開了兒福中心，而傑瑞打算利用這件事，假裝是因為種種原因舊案重提，回到兒福中心再次與相關人員見面取證。

之所以選擇這件案子當作掩護，是因為這件事就發生在二〇二四年的目擊事件之後，涉及的人員也有交集。其實他們完全可以直接說實話，就說來調查「不協之門目擊事件」，因為現在和過去不一樣了，不協之門作為一種災害現象，已經被絕大多數公眾所知曉了。但傑瑞認為，這次調查還是要盡可能以其他目的來掩護，參與者也要偽裝成其他部門的執法人員。

因為，如果真的有人在這裡使用「破除盲點算式陣」，那麼他們要面對的就不僅僅是普通公眾，還有一直藏在暗處的學會成員。

見到兒福中心負責人之後，另一名特務去辦公室裡與其談話，傑瑞留在外面等待。其實傑瑞才是主導這次行動的人，但他的模樣實在是沒有氣勢，很難給人官方代表、聰明威嚴的感覺。而且，由於那些該死的後遺症，他很可能在一手端杯子、一手攪湯匙時打翻咖啡。負責談話的那名特務可不一樣，她是從反恐事務組調來的，很擅長交涉，也很擅長施壓，而她所交涉的內容，則全部依照傑瑞的計畫進行。

傑瑞的假身分是兒童心理學家，這樣他就有各種藉口到處走來走去。前不久他才知道，很多年前萊爾德也假冒過這個職業。

傑瑞站在三樓走廊的窗前，俯視著院子裡的孩子們。晨間的陽光灑在他們身上，在他們腳下拉出冷色的影子，當他們跑動著追逐皮球時，那些影子抖動、擠壓、交融在一起……傑瑞看了片刻，連忙移開了目光。

明明是如此正常的場面，卻令他莫名地心驚膽戰。

調查之餘，傑瑞接到一通電話。是前幾天常見面的同事打來的，那人負責整理萊爾德的電腦。同事說，在電腦裡發現了一封信。信並不是像報告書一樣是儲存好的檔案，而是全部打完之後，再把文字全部清除，就像對待那些胡言亂語的發洩一樣。

從信的內容來看，它並不是瘋話，和從前被萊爾德刪掉的內容截然不同。萊爾德把一封清晰的文字打下來，再刪掉，只能代表一件事……他知道有人會查看所有他鍵入過的東西，他從一開始就知道。

儘管如此，從前那些瘋話也並不是他裝出來的。這次的信也一樣，它被修改了六次，才變成最終版本。然後萊爾德又刪掉這個版本，用一份關於近日感受的報告將其覆蓋。

至於他為什麼要這樣做，也許他在報告裡給出了回答：**如果你們真的那麼想知道，我就隨便說一說；如果你們其實不想知道，那你們就不會去看了。**

從表面上看，這句話指的是他自己的醫療感受，但結合被覆蓋掉的信，顯然他另有所指。

同事講了這麼多，就是沒提萊爾德的信裡寫了什麼。傑瑞追問了一句，同事說，信很長，很難用一兩句話說清楚，我可以把它單獨傳給你。

傑瑞想了想，還是決定現在不要去看。他得專注於當下的任務。既然萊爾德使用這種方式留下信，就表示他寫下來的東西也許重要，但並不緊急。

接下來，傑瑞和同事分別見了幾名保育員和護理師，與他們一一面談。其中只有兩名護理師是他們真正想見的，對其他人都只是隨便問問。當年還有個外來的志工也目擊到了不協之門，如果需要，他們會改天再去找他。

傑瑞名正言順地去活動室觀察了一圈，看到了淡橙色壁紙和萊爾德描述的蠟筆畫。他的同事們負責吸引其他人的注意力，他則盡可能到處尋找算式陣。

傑瑞也想過，這麼多年過去，算式陣肯定早就被擦除了。但萊爾德曾告訴過他，算式陣是很精密的東西，不像教學板書一樣隨便就能畫好，通常使用者會把它留下來，讓它盡可能長時間持續生效。而且算式陣必須夠清晰，要占用的面積不算小，為了更好地破除盲點，它最好是被恆定在某些位置。當年辛朋鎮的算式陣就是這樣。

到了午餐時間，傑瑞徘徊在孩子們的餐廳附近，發現了一個很明顯心神不寧的孩子。小孩看上去四五歲，一隻眼睛有殘疾，他頻頻從座位上站起來，趴在窗臺上，雙腳離地，臉幾乎貼在玻璃上，靜靜向外張望。餐廳裡只有一個保育老師，她一邊應付不能自理的孩子，一邊多次把這個孩子叫回座位上。

單眼的小孩又一次趴上窗臺時，傑瑞湊過去，問他在看什麼。小孩的表達能力不怎麼好，他指著樓下的院子一角說：「好看。」

他指的是一小塊兒童遊樂區域，裡面有幾座塑膠溜滑梯、鞦韆、攀爬架和圓盤轉椅。現在沒有孩子在那玩，只有一個年輕女人坐在鞦韆上，低著頭，腳邊放著一個提包。

傑瑞一時不知道這孩子指的是什麼。是他太想出去玩，還是他認為那個女士好看，或是他看到了什麼別的東西？

於是傑瑞問：「那個小遊樂園很好看，對吧？」

小孩一臉嫌棄地搖頭。

「嗯，那就是鞦韆上的女士很好看。你喜歡她？」

傑瑞故意這樣問，而不是劈頭就問小孩是否看到了什麼怪異之物。果然，小孩更用力地搖頭，「我不喜歡漢娜！」

這時，坐在鞦韆上的女人正好抬起頭，傑瑞能看清她的側臉了。他認出來，她正是他們剛面談過的幾個人之一，而且還是二〇二四年的目擊者。她確實叫漢娜，是這裡的護理師，她現在換下了工作服，穿著便裝，身邊還放著中等大小的提包，像是要出遠門。

傑瑞迅速回憶起，在與這些人面談時，他留意過貼在門上的值班表。漢娜今天並沒有休假。

傑瑞心頭升起一種不祥的預感，他盯著樓下，從孩子身邊慢慢站起來。小孩不滿地抬起頭，他說某種東西「好看」，但他所指的內容被大人連續兩次猜錯……對於某些小孩來說，你直接問他，他也許會羞怯不言，你越是猜錯，他就越執著要說個清楚。

在傑瑞掏出通訊終端機，轉身快步離開時，小孩稚嫩的聲音在他身後喊道：「你看啊，那個窗戶好看！」

傑瑞不用再去確認也知道，小孩指的方向根本沒有什麼窗戶。

萊爾德自行推著輪椅，在空曠的通道裡哼著歌。一開始他沒留意自己哼的是什麼，完全是出於本能，哼到一半他才意識到，這是《加州旅館》。他會的歌不多，這首算是比較熟悉的了。

從基地外層進入列維所在的區域，需要經過好幾道氣密門，最初的三道門口設有檢查站，再往深處就空無一人了，萊爾德得獨自進去。從這開始，錄影設備全部下線，工作人員與萊爾德不會再有溝通。區域內的地板有感壓功能，工作人員以此來大致瞭解萊爾德的行蹤。

出發之前，有個醫生提議讓萊爾德別坐輪椅，改用簡便型助行支架，但萊爾德缺乏訓練，適應不了，穿那玩意反而寸步難行，於是只能作罷。最後，護工找來了一部更輕便些的輪椅，替換掉了萊爾德的醫療輪椅，雖然舒適度差一些，但行動起來更方便。

通過最後一道檢查站時，萊爾德向守衛人員致以飛行員的敬禮，守衛並不理他，他無奈地聳了聳肩。

進入深處之後，萊爾德意外地看到了很多日常設施。走廊裡有飲水機和零食販賣機，旁邊的垃圾桶裡留著幾個飲料罐和食品包裝袋，透過強化玻璃窗望向封閉的房間，能看出那是一間會議室，投影布幕還沒收起來，橢圓會議桌上遺留著一些水杯，有人遺落了平板終端機，一把椅子上還披了件西裝外套。

走廊並非都是直向，也有轉向其他方向的岔路。岔路上的門大概壞掉了，卡在一半，萊爾德停在旁邊望進去，看到了健身房和浴室的標誌。

這些閒置區域只有最低程度的照明，所以氣氛有些陰森，但從種種痕跡來看，顯然這裡也曾經熱鬧過。曾有人在辦公室裡埋頭熬夜，有人在會議室裡拍著桌子咆哮，有人在跑步機上放空大腦，有人靠在飲水機旁邊唉聲嘆氣……然後，突然某些情況發生了，人們顧不得收拾，拋下手頭的一切，完全撤出了這個區域。

撤離行動應該還沒過去多久，這裡的設施都還很新，垃圾桶附近也幾乎沒有異味。忽然，萊爾德又有了其他想法……他們是真的撤離到外面了嗎？還是走進了其他地方？

這讓萊爾德想起了第一崗哨。崗哨淺層有許多人類生活的痕跡，那些人也曾經保持著心智，作為人類研究者生活著、觀察著。不知從哪個時刻開始，他們拋下了關於衣食住行的玩意，向著深淵沉澱下去……

萊爾德找到了牆壁上的消防地圖，以此來尋找他要去的地方——一扇通往設施更深處的密碼門。門只能從外側打開，進入後想再返回，就必須由高權限的人進行遠端操作，門的內部沒有任何開關裝置。

進來之前，肖恩把密碼告訴了萊爾德，還跟他講了門後方的內部格局。門內是一條緩衝廊道，盡頭是現已廢棄的人工檢查站，裡面有防護服和一些必要的器械，再往裡走則是防疫消毒區，操作臺在檢查站裡。肖恩說，你想穿防護服就穿，想拿什麼就拿，想消毒就自己去按，雖然這些做不做都沒什麼區別。

當時萊爾德笑著嘆氣。他忍不住猜想，在得出「做不做都沒什麼區別」的結論之前，這裡的工作人員究竟付出過什麼樣的代價。

找到檢查站之後，萊爾德確實看到了防護服，但他不太想穿，身為一個坐輪椅的人，他也很難自己穿這玩意。他在檢查站裡拿了一包紙巾，和一盒巧克力餅乾。它就放在桌面上，包裝完好，甚至沒有過期。

通過防疫消毒區之後，又是一道密碼門，這次的門後是電梯，密碼生效後，電梯會自動開門。萊爾德使用的兩個密碼都是臨時的，用了這一次就會自動失效。在今天之前，這些門全部被設定為封閉狀態，為了讓萊爾德進去，才暫時調整為以密碼打開。

萊爾德在電梯裡打開餅乾包裝，吃掉了兩塊，把瘦長的餅乾盒塞進襯衫胸前的口袋。餅乾盒只能塞進去一半，剩下一半仰面朝天敞開著，能從裡面直接掏出餅乾來。

萊爾德意識到，自己很可能發明了一種「隨身吃餅乾器」。他滿意地微笑著，拍掉殘渣，用紙巾擦乾淨雙手，手指梳進頭髮裡，把瀏海向後撥。沒有定型噴霧的幫助，頭髮無論如何也弄不成從前那樣，他只能盡力而為。

這時電梯門打開了。電梯內燈光明亮，門外更大的空間卻一片漆黑。人的眼睛注視這片黑暗時，根本分辨不出空間的縱深。電梯內的燈光完全滲透不到外面，連一步也無法照亮。

黑暗深處傳來「啪」的一聲，像是按下什麼開關的聲音。隨著聲音響起，很遠很遠的地方出現了一小團光。

起初的兩秒裡，那團光微小得猶如螢火，接著，一閃念間，它變大、變近了很多。它變成了一小塊長方形，形狀是一道已敞開的門，門內燈光明亮，牆壁和地板都鋪有淡綠色的防撞墊。房間深處，正對門口的地方，一個人背對著門，坐在地上。他面前有一臺機型古老的電視，旁邊散落著一些光碟和書，左手邊露出半張塑膠小圓桌。

也許因為距離太遠，萊爾德看不清電視螢幕裡的畫面，只覺得是一團團閃動的無規律色彩。他輕輕移動輪椅，輪胎和電梯地面摩擦出細小的聲音，聽到這個聲音，長方形區域裡的人稍稍動了一下。

那個人慢慢站起來，轉過身。

當傑瑞跑到院子裡的時候，鞦韆旁邊不僅有那個叫漢娜的護理師，還有一男一女。女的也是這裡的護理師，二〇二四年的目擊者之一，傑瑞他們上午剛和她談過話，她和漢娜一樣換掉了工作服，穿著夾克和褲裝，帶了一個軟式旅行袋；那個男的面容陌生，應該不是兒福中心的員工，他沒帶什麼東西，只有左手抓著一只長方形黑色皮夾。

傑瑞向他們走去時，漢娜明顯神態緊張，但只有漢娜留意到傑瑞，另一個護理師與男人都歪頭看著塑膠溜滑梯，注意力完全被它吸引。

更準確地說，他們是在看著溜滑梯下方的空隙。

其他特務也收到聯絡，趕到了院子中。被這麼多人靠近，那一男一女也意識到了不對勁。

之前負責談話的女性特務暗暗罵了一句髒話，突然掏出槍來，高聲命令那三人不許動。這一行為看似魯莽，但同事們都不覺得有什麼不妥，他們也神色緊張，都跟著拿出了武器，圍攏在那三人周圍。

他們包圍了小型兒童遊樂區，沒有一個人靠近塑膠溜滑梯。儘管沒人靠近，但很多人都會時不時瞄它一眼。

傑瑞主動走到溜滑梯邊，身體擋在它前面。傑瑞沒有看見任何東西。

自從被確診腦神經受損之後，他再也看不見那些東西了。這麼多年裡，民間對「門」的目擊事件越來越多，但傑瑞幾乎沒再見過那樣的門。即使是目睹萊爾德與不明實體的那天，他也沒有看到附近有門或其他形式的通道。

其實這些特務也都是不敏銳的人，他們都經歷過訊問和測試，在日常生活中，他們也幾乎發現不了「門」。但現在的情況有些不一樣，從他們的神態看，他們顯然看到了一些從前看不見的東西。多虧了多年培養出的專業素質，他們才沒有像普通人一樣大驚小怪。

至於他們為什麼會看見……那顯然要問被圍在中間的三人。

傑瑞走到那名男性面前，「你們要去哪？」

聽到他的問題，男人顯然暗暗吃了一驚。傑瑞要他交出手裡的東西，他遲疑著，但腦袋後面的槍口催促著他，他最後還是把皮夾扔在了地上。傑瑞撿起黑色皮夾，果然，裡面是無墨筆、銀色鑰匙形吊墜，還有幾條沒有任何標示的藥片。

「藥的量變多了啊，」傑瑞感嘆道，然後轉向那兩名女性，「妳們的呢？也拿出來。」

漢娜拿起提包，要把手從包包裡抽出來的時候，她身旁的女特務敏銳地察覺到危險，撲上去俐落地將她按倒。漢娜的力氣出人意料地大，幸好有另一名特務上前協助，兩人徹底壓制住了她，從她手裡奪下手槍。另一名護理師沒有反抗，交出了旅行袋。她一言不發，只是冷笑著掃視這些人。

傑瑞從她們的包包裡也發現了黑色皮夾，裡面的東西一樣。只是漢娜已經把獵犬銘牌戴在了脖子上，所以皮夾裡沒有銀吊墜。

傑瑞走到被按住的漢娜面前，「算式陣在哪？帶我們去找出來。」

漢娜不吭聲，也不再掙扎。傑瑞無意間抬頭，正好望向旁邊的矮樓，視線對著餐廳方向。那個男孩還趴在窗前，但他沒有看這邊。他歪著頭，看著室內某處，傑瑞看不清他的表情。

矮樓的窗戶大致上空蕩蕩的，有零星一兩個人看向這邊。雖然院子裡發生了一場突兀且嚇人的行動，但絕大多數人似乎並不在意……此時此刻，在兒福中心內多數人的視野中，一定正發生著某些更令他們注意的事情……那肯定不是什麼好事。

傑瑞望向被槍指著的三人，最終目光停在漢娜身上，「帶我們去找算式陣。如果你們配合，我可以把這些還給你們，」他晃了晃手裡的皮夾，「讓你們去想去的地方。」

漢娜趴在地上，詫異地看著他。不僅漢娜，特務們的目光中也有些疑惑。

傑瑞說：「算式陣只能在這邊使用，你們去了那邊也用不著。如果你們死活不願意……那我們就只好把你們帶走，大家換個地方慢慢聊。我們有這個權力。漢娜，我明白你們的執著，你看，你們交出算式陣，我們目送你們離開，然後我們做自己的事，這樣兩全其美。否則只會是雙輸的結果。」

他說完之後，漢娜眼中似乎有什麼一閃而過。不是動容，絕對不是，但也不是懷疑，更不是畏懼……他一時無法判斷她的情緒。

傑瑞得不到回答，也不能一直等待下去。他讓其他特務將這三人帶走，留下兩個特務，與他繼續搜尋算式陣。三個獵犬的手被尼龍束帶綁在身後，押往準備好的封閉廂型車。車子都停在莊園外，從院子走出去，還有挺長一段林蔭路。

當傑瑞和兩個特務回到矮樓內時，正好有個年紀較大的女孩迎面撞上來。傑瑞扶住她，故意擋住她的路，「別過去，那扇窗戶很危險。」

女孩皺了皺眉，「我倒是沒注意到窗戶。但是剛才餐廳的那個，還有二樓轉角的那個……呃，你沒看見嗎？」

聽她這樣說，傑瑞身邊的特務立刻跑上樓梯。女孩喊道：「現在去看也來不及啦，已經不見啦！」

「不見了？」傑瑞問，「妳確定嗎？」

「剛剛不見的，」女孩說，「老師說，看見那種東西就不准動，不准跑，也不准靠近，只能停在原地不動。現在它不見了，我想去告訴其他人。」

一個念頭從傑瑞腦中閃過。他猛地回身，望著院子另一端，其他特務離開的方向。他拔腿跑出大門，同時對身邊的特務喊道：「我們走！去追上他們！」

同時，他打開通訊終端機，呼叫離開的同事。對面接起通話之後，傑瑞立即要求他們不要上車，原地不動，但要保證控制三名獵犬的行動。

遠遠看到停車場時，傑瑞已經跑得上氣不接下氣，比起跑在他前面的另外兩個特務，他看起來簡直毫無尊嚴。令他欣慰的是，那三個獵犬依然被綁著手，被槍指著，靠在廂型車的側面。另外三輛小型轎車也沒有出發，都停在原地。

兩個特務靠近車子，其中一人輕輕「咦」了一聲。另一人順著他的視線望去，兩人一起注視著廂型車的後門。

獵犬所在的角度看不見廂型車門，但他們注意到了特務的表情。漢娜對同伴使了個眼色，三人突然向車後部衝去，甚至不畏懼近在咫尺的槍口。

「攔住他們！」傑瑞高喊道，一名特務開了槍，打中了男性獵犬的小腿，他倒下來的時候，漢娜和另一個女人已經撲到了車後，漢娜撞到了一名特務身上。那個特務手裡有槍，但他沒有動，甚至沒有看漢娜。他只是微微抬著頭，盯著廂型車的後門。

傑瑞意識到大事不妙。他們肯定看到了某些東西，而且，那東西絕不僅僅是「門」這麼簡單。

在院子裡的時候，這些特務也在溜滑梯下看到了不該存在的門，但他們都是訓練有素的專業人員，即使對此心存好奇或畏懼，也不會讓情緒影響到行動。而現在……傑瑞在他們臉上看到了熟悉的神態，二〇二四年，傑瑞所在的搜索隊遭遇到「不明實體」時，當時的同事們也露出了這種表情。

在傑瑞撲過去抓住漢娜的時候，女特務也撲倒了另一個護理師。漢娜應該接受過訓練，她在雙手被反綁住的情況下以膝蓋反擊，傑瑞的腹部狠狠地挨了一下，他堅持著沒有放手，和漢娜一起倒在了水泥地上。

倒下的瞬間，傑瑞聽見一種沙沙的聲音，就在頭頂不遠處。

緊接著，刺耳的示警聲接連響起，最後連成一片。是追蹤終端機，他們每個人身上都帶著的追蹤終端機。當被注入可追蹤藥劑的對象顯現在可檢測範圍內的時候，終端機和遠端中心都會開始示警。

萊爾德回來的時候就是這樣，搜索小隊的示警聲吵得能把人逼瘋。但……現在的示警聲又是什麼？顯然萊爾德並不在這裡，而且從他回來之後開始，他體內的藥劑也已經慢慢代謝掉了……

傑瑞立刻想起了萊爾德寫過的所有報告。二〇一五年萊爾德消耗過兩支追蹤藥劑，一支用在他自己身上，另一支用在了某個門內的東西上……關於這個東西，萊爾德在報告中先後換了數個用詞：伊蓮娜、我媽媽、柔伊、卡拉澤家、辛朋鎮……最後確定下來的用詞是：表皮呈灰白色的未知生命體，由於體積過於龐大，尚無法觀測其外形。

在一片尖銳的示警聲中，傑瑞緩緩抬起頭。他仍然沒有看見不協之門。即使在這種情況下，他也還是看不見不同視野相通的入口。

但是他看見了伊蓮娜的眼睛。

它鑲嵌在廂型車的後車門內，邊緣被金屬車門擠壓出凹陷，但同時它又遮擋住了廂型車，也遮擋住了停車場的一切。它比車子小，比人類小，是眼睛應有的大小形狀，同時它又比車門大，比視野範圍大，能一直從天空連接到地面。

它並不是忽大忽小，也沒有移動，但是在看著它的時候，包括傑瑞在內，每個人都得出了矛盾的觀察結果，無論他們如何強迫自己保持冷靜，也無法讓感官徹底理解它的結構。

那眼睛上面覆有一層半透明的膜，水晶體部分光滑如鏡，能映出地面的紋路和特務們的臉。睫狀體裡有無數隻顏色不同的細小眼睛，時而起伏蠕動，時而排列成規律的幾何形狀，瞳孔在一開始是漆黑的無底深淵，偶爾會有不同顏色的眼球從深淵中掉落出來。一開始掉出來的是灰綠色的眼球，然後又有淺藍色的，它們會碰觸到最外層半透明的膜，被它擋住，手指形狀的視神經在上面劃出黏膩的水痕，巡視片刻後，它們再爬入深淵，沿著瞳孔的側壁一點點向深處滑行。

在傑瑞恍惚時，一聲槍響將他的意識拉了回來。他的視線搖動著低垂下來，起初，他迷茫於視野為何一片暗紅，當第二聲、第三聲槍聲響起之後，他才突然醒悟，他面前的水泥地上已濺滿鮮血。

那個不知名的護理師死了。子彈近距離打進了她的腦袋。女特務仍然壓在她身上，眼睛死死盯著鮮血，槍口插在慘不忍睹的殘骸裡。

第二聲槍響來自另一個特務，他朝著深淵般的瞳孔開槍，眼睛外面的膜潰散破裂出一個小洞口，洞口裡吹出類似潮溼植物的氣息。

第三聲槍響也是來自他，這次只打中了地面。但他仍然舉著槍，槍口朝著傑瑞、漢娜和女特務。他的手抖得非常嚴重，傑瑞甚至看不出他到底想瞄準誰。

特務們的行為看似不可理喻，但傑瑞卻從中看到了提示——顯然他們都意識到了，現在的情況與這三名獵犬脫不開關係。他們仍然能做出基本判斷，但因為受到觀察感知的影響，他們意識在崩解邊緣搖搖欲墜，靈魂中僅剩的理智無法完全支配住肢體行為。

傑瑞的側腹一陣劇痛，他這才發現，漢娜已經快要掙脫他的鉗制了。她又給了他一下，並且掙扎著向旁邊、向廂型車所在的位置爬過去。她的衣服沾到同伴的血，但她毫無畏懼，她只是痴迷地盯著前方，盯著傑瑞看不見的東西。

傑瑞伸手抓住她的腳踝。他從腰帶上解下一把小型折疊戶外刀，忍著嘔吐的衝動，一鼓作氣撲上去，把小刀朝漢娜的腰部割下去。這把小刀極為鋒利，畢竟它是上級機構統一配發的專用裝備。刀刃順利地劃破了外套和其它布料，割傷了漢娜的皮膚。

無論是面對槍口還是面對同伴的慘死，漢娜一直毫無反應，但在受到刀傷時，她卻突然慘叫起來。她的叫聲和追蹤儀器示警聲交融在一起，甚至壓過了示警聲。那隻蠕動的眼晴震顫了一下，被子彈洞穿的小缺口忽然變得完全透明了。

不是能看到眼球內部的那種透明，而是能穿過它看到真正的天空……午後白光耀眼的天空。

傑瑞盯著那透明的一小塊看了片刻，再低下頭。一開始，獵犬劇烈掙扎，傑瑞的鼻子流著血，他都不知道這是什麼時候受的傷，也不知道是被踢的還是撞的……現在，獵犬的抵抗變弱了不少，她仍然在發出憤怒的嗚咽，但似乎已經對掙扎失去了興趣。

漢娜的外套和裡面的T恤已經破爛不堪，肩膀、背部、腰部和臀與腿上分布著數條鮮血淋漓的傷痕。在其中一些位置上，刀刃把衣服割開了較大的破口，不僅露出了下面的傷口，還露出了一小塊紋著青黑色線條的皮膚。

皮膚被劃傷和擦傷時，線條也被割裂了。規律的數位記號被打斷成錯誤的組合。

傑瑞喘息著，停下了手上的動作。看來萊爾德猜得沒錯，兒福中心裡確實有破除盲點算式陣，但算式陣不在任何房間，它被直接藏在了獵犬們的身體上。

算式陣要清晰，要穩固，要占用一定的面積。所以，它不是小小的圖形，而是占據大片皮膚的紋身。

傑瑞丟下漢娜，走向仍在發呆的女特務，將她一把推開，然後跨坐在那具已經看不出頭顱形狀的屍體上。屍體的腦袋上可沒有算式陣，所以殺了她也沒用……必須破壞她身上那些幾何形狀和數位……

刀刃切割皮膚時，震顫與阻力會從無機物傳遞到握著刀柄的手上……傑瑞邊做邊乾嘔著。他從沒這樣粗野地對待過任何人，無論是活人還是死人。

漸漸地，他感覺到了旁人的目光。女特務回過了神，目光明朗起來，剛才一直舉著槍的男特務也垂下了槍口，愣愣地看著傑瑞。

有效了……傑瑞想著。他停下動作，一手捂著嘴，從屍體上站起來，又走向那個腿上有槍傷的男性獵犬。

來到基地深處之後，萊爾德終於理解了當年辛朋鎮的狀態。一九八五年三月期間的辛朋鎮是一種「混淆」。它不在這裡，也不在門的另一邊。萊爾德可以判斷出它「不屬於」什麼，卻無法定義它「是什麼」，因為他仍然受制於人類的五感、語言、思維，他沒辦法描述這些體系中沒有的東西。

現在萊爾德所在的地方，也變成了這樣的「混淆」。這次的混淆比過去更混沌，更難掌控，而且它的存續不再需要破除盲點算式陣來輔助。在它面前，人類沒有盲點，它會占據人的全部感官，人只能被迫直面一切。

如果說一九八五年的伊蓮娜抱著一顆火種，那麼，現在火種已經變成了難以撲滅的林火。而這座基地，以及其內部渾渾噩噩的人們，則是一道防火隔離帶。

在一九八五年事件的末尾，有觀察能力的人一個個消失，留存的算式陣也被逐步毀盡，辛朋鎮的「混淆」狀態漸漸結束。這就好像一場無藥可醫的疫病，被感染的人全部病歿，於是疫病也就停止了傳播。

外來者再進入小鎮時，視野內的盲點已經恢復，再次遮蔽住了人們的感官。於是，人們正常活動，並且將那顆「火種」觀察為「嬰兒」。至於它為什麼是個嬰兒……萊爾德調取了一些丹尼爾的記憶，試圖從中分析。

「也許……它確實就是個嬰兒。嬰兒與火種又不矛盾。」丹尼爾在萊爾德的喉嚨裡說。

萊爾德捏了捏自己的膝蓋，薄薄的皮肉下面，是扭曲的堅硬骨頭。確實，人類和骷髏不矛盾，軀幹和心臟不矛盾，嬰兒和火種不矛盾。

如果有一種人，他的感官系統與我們不一樣，觀察我們時，他只能看到一顆心臟，在他的認知裡，那就是一種正常普通的人類形態……那麼，一旦他看到猙獰的顱骨，扭曲的皮肉，被稱為「身體」的贅物……他能理解這些嗎？他會認為這些是「人」嗎？

萊爾德合上書本，把丹尼爾放回了櫃子裡，然後在書本上敲著鍵盤，寫下對那個嬰兒的看法：也許，我們自己就是這種「只能看見心臟」的生物。而那枚火種不是，他是另一種作品。只不過，因為他也確實有「心臟」，所以他曾經以為自己只是一顆「心臟」。

寫完這句話，萊爾德暫時敲定了推測。書本和鍵盤溶解在他的視線中。

身後響起了敲門聲，但萊爾德後方的門應該是開著的。他所在的位置一片漆黑，所以他不需要回頭，也能感覺到身後有冷白色的光線。燈光在黑暗中勾勒出長方形範圍，長方形深處的房間裡鋪著淡綠色防撞墊。

身後再次響起敲門聲。萊爾德從輪椅上慢慢站起來。他的腿仍然不能用，但在這裡可以。

他沒有回頭，而是繼續向前，向黑暗深處行走。卡帕拉法陣沿著他的肌肉層內側閃爍，從皮膚表面透出隱隱的光芒。

他關閉了自己的一部分感知，同時強化了另一部分，並且操控著生理上無法使用的雙腿。在「混淆」之中，他可以借助這些技藝來使用自己，讓自己無限近似於那些已出生的人、那些有身體的心臟。

萊爾德一路前進，敲門聲一路跟隨在他身後。方形的燈光區域不斷向他逼近，但一直維持著差不多的距離。

體感過了一兩分鐘後，燈光開始閃爍，白光變得不那麼穩定了。萊爾德忍不住猜想，如果他不用卡帕拉法陣關閉一部分感知，現在他會感覺到什麼？會看到和聽到什麼？

前面的黑暗中隱隱有人站立著。萊爾德停下了腳步。很久以前，他見過這個人，當時也是在這樣的一片黑暗中。

那是個瘦小的中年男人，扁鼻子，藍眼睛，留著缺乏打理的落腮鬍。他的表情以緩慢但均速的方式變化著，從畏縮的模樣，變成猙獰的怒容。

男人抬起左手，指著萊爾德，更是穿過萊爾德的身體，指著他身後的某些東西。與此同時，萊爾德的右手也跟著移動，抬起來，指著前方。

萊爾德身上只有基本的衣物和一些無線監護設備，還有一盒插在胸前口袋裡的餅乾。現在這些東西都不見了，萊爾德的灰色睡衣變成了黑色的長袍。他被動抬起的右手上並非空無一物，而是握著一把小口徑手槍。他還記得它，二〇一五年的時候他一直帶著它防身。

萊爾德嘟囔著：「唉，明明我已經不需要這個了。」

「殺掉所有的拓荒者……」他提醒著自己。

「好吧。」他無奈地回答。

恍惚間，他似乎回到了灰色的樹林中，這次他看見的不僅是沒有皮膚的鮮紅人體，還有更多面目模糊的東西。因為他關閉了一部分感知，所以很遺憾地無法看清它們的真容。

他已經很多年沒拿過槍了，年輕時受過的訓練也抵不過重傷和昏迷多年的折磨，他的手臂比從前瘦了一圈，槍變重了不少。但這不要緊。

卡帕拉法陣的光線攀爬到前臂和手部，萊爾德對著那些圍攏過來的模糊個體連續開槍，每一下都命中了似乎是頭部的位置。槍械本身沒有發出任何聲音，空氣中只有柔軟物體破裂時的「噗嗤」聲。

最後一個形體消失的時候，槍裡剛好沒有子彈了。萊爾德彎曲手臂，把槍口對著自己的額側，扣下扳機。

「砰」。只有這次槍械發出了聲音。子彈的衝擊將萊爾德撞倒在地，血從他躺著的地方滲出來，而不是從他身上流出來。

萊爾德躺了一段時間才爬起來。在這過程中，他仍然沒有回頭看亮著燈的門。

來自一八二二年的中年男人消失了，萊爾德再次回到絕對安靜的黑暗中。

「你知道嗎？」他輕聲自言自語著，「伊蓮娜帶著辛朋鎮做過的事，現在我也能再做一次。也許我還能做得比她更好……」

他繼續向黑暗深處邁步，「當然，這可不是因為我有什麼本事。她可比我深奧多了，我到現在也並不理解她……我能做到這些，其實是因為有你。

「她是個發明家，更是工程師，她製作了一件偉大的東西，而我只是普通的產品使用者。也許我能比她操作得更流暢，這不是因為我比工程師聰明，而是因為……那件產品越來越完善了。」

萊爾德停下腳步，搖了搖頭，「我也真是腦子有問題，說這些幹什麼，一點幫助也沒有。而且……現在你聽不見。還沒到時候。等到了時候，我會讓你聽見的。」

但這種感覺還挺爽的。其他人聽不見你說的話，但又知道你在說一些事，這種狀態，最能激起人胡說八道的衝動。如果其他人聽得太清楚，那絕對不行；如果其他人根本沒有留意你，也不行，說了也沒意思。

這就像用傑瑞給的電腦發牢騷一樣。萊爾德知道有人能查看所有鍵入內容，但又不知道他們是不是真的會看。在這種狀態下，他每天都很樂意寫下無數的埋怨和發洩。這樣做挺扭曲的，毫無效率，仔細想想又有何意義呢……萊爾德自己也明白，但他仍然選擇這樣做。

「扭曲，無效率，無意義，」萊爾德把這些說出了聲音，「何止是用那臺電腦的時候？我經歷過的大部分人生……不都是那樣的嗎？扭曲，無效率，無意義。」

他的步伐越來越快。腳下的地面發生了變化，不再如周圍般漆黑，一些紋路漸漸浮現出來。紋路不斷改變著，線條越見規律，最後呈現為常用於門廊的木地板紋理。

萊爾德停下了腳步。他正前方不遠處出現了一扇門。門框、門板的顏色與地板搭配得相當和諧，而且門的樣式十分眼熟。

過去的日子裡，他看過和聽說過很多千奇百怪的門。比如衣櫃裡的紅銅大門，貨架上的金屬門，衛浴間外牆上的雙開復古門，浴室裡的古老木門，脆弱籬笆上的黑洞，城市裡的穿山隧道，城堡牆上的銀色自動門……門的形態各異，但也有著共同之處——它們全都令人感到陌生，與所在環境格格不入。

但眼前的門不一樣。它也出現得很突兀，但散發著熟悉的氣息。

「我們到了。」萊爾德微笑。

與此同時，他身後的敲門聲又一次響起。聲音斷斷續續地跟了他一路，燈光明亮的門口有時與他僅有一步之遙，但他從不回頭，門內也沒有人出來。

「咚咚咚」。

再一次響起敲門聲時，萊爾德轉過身，背對木門，面向亮著燈光的房間。

在他轉身的那一瞬間，他坐在輪椅上，穿著灰色的睡衣，胸前口袋裡插著一盒打開的餅乾。他身上的設備早已散落下來，恐怕不能再起到監護功效。

他操控輪椅的雙手垂在身側，手腕上布滿粗細不一的瘀痕，甚至還有極為細小的、類似針孔或牙印的痕跡，就像是有什麼東西曾經不得章法地拉扯著他。

人在拉扯另一個人的時候，通常會優先抓扯對方的手臂或肩部，所以，萊爾德不僅手腕上有痕跡，他的衣袖和肩膀一帶的衣服也出現明顯的磨損。這可不是醫療行為留下的痕跡。在第三次交流之前，萊爾德的手腕上絕對沒有這些，衣服也乾淨嶄新。

萊爾德並不害怕。他只是笑了笑，不去細看它們。

他似乎回到了電梯門打開的那一瞬間。遙遠的黑暗深處亮起一個小小的長方形，裡面的房間鋪著防撞墊，房間裡的人起身，回頭，望向他。

萊爾德推起輪椅，將自己送入燈光明亮的小小房間。當他的身影被吞沒時，在身後，那扇令他感到熟悉的木門慢慢打開。

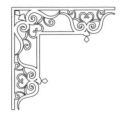

SEEK
NO EVIL

CHAPTER
FOURTY TWO

【松鼠鎮飄著綿綿細雨】

這一天夜幕降臨之後，各地均出現了大量關於「不協之門」目擊事件的報導。有分析認為，在過去的十幾個小時內，「不協之門」現象呈現一次較大規模的爆發。

在同時段的記錄中，聖卡德市「晨曦兒童之家」內的目擊事件最為密集，地點分別發生在餐廳、走廊、遊樂設施、停車場等多個區域。事件中出現了三名失蹤者，其中兩名為兒福中心內的護理人員，一名為附近小鎮居民。但據知情人士透露，有人在目擊現象的同時聽見槍聲，故不知事件是否屬於其他性質。

現象結束時，相關人員迅速趕到兒福中心，對兒福中心進行了暫時封鎖。新聞播出時，封鎖已經解除。

當天下午三點左右，增援人員抵達兒福中心。

頭腦清醒的特務們開著自己的車，一路沉默不語，誰都沒有提剛才看見的東西。獵犬和狀態較差的特務則被送上醫用車輛。

三個獵犬的情況有所不同。漢娜身上血跡明顯，猛一看去慘不忍睹，其實她只有不深的外傷，沒有生命危險；男性獵犬身上除了同類傷痕以外，還因腿部中彈失血嚴重，正在進行急救；那個直接被槍擊頭部致死的護理師身上也有很多刀傷，而且顯然都是在她死後被劃傷的。

傑瑞坐在一輛黑色商務車後座，雙手緊緊握在一起，自己與自己角力，兩隻手互相遏制對方的顫抖。他回憶著兒福中心停車場的狀況，那些血，那些頭顱炸裂開後留下的物質和殘渣……不知善後人員要怎麼處理這些東西。

在一連串衝突發生的時候，行動人員中唯一全程保有理智的只有傑瑞・凱茨，所以，他一回到機構內就開始接受訊問。漸漸地，訊問演變成了會議，會議又一直持續到夜間。

傑瑞陳述了所有的前因後果。萊爾德給出的警示沒有錯，那家兒福中心確實藏著來自學會的人員，他們確實使用了破除盲點算式陣，而且他們多少知道自己正在被人調查。如果今天沒有人前去阻攔，那三個獵犬現在已經跨過某扇門，成為了又一批拓荒者。

其實傑瑞本來可以不這麼急於阻止他們。就算能攔住這三個人又如何？在世界上無數的角落裡，今天不知有多少人走進了形態各異的門。所以上級人員很想知道，傑瑞為什麼要如此重視這三人，為什麼還要把現場搞得那麼難以收拾。

傑瑞能解釋自己粗暴的行為——因為他要以最快的速度，破壞掉那些紋在獵犬身上的詭異玩意。如果它們持續發揮作用，特務和現場的其他人員也許會陷入更大的危險。

至於為什麼重視這三人，他倒是一時說不清……一半是出於對萊爾德的信任，另一半是出於模糊的直覺。他總覺得，漢娜似乎知道自己是被什麼部門抓住……但她不該知道。

會議結束時，已經是晚間十點多了。傑瑞還挺慶幸，他早早地受完了苦，那些同事還裹著毯子在接受心理援助，一旦他們能好好交流了，也逃不過各種報告和談話。他們比傑瑞看到了更多可怕的東西，而且，接下來他們還得回憶好幾遍。

回到辦公室之後，傑瑞用電腦查看郵件，終於看到了下午同事寄給他的東西。郵件來自萊爾德使用過的電腦，是萊爾德的信。萊爾德把信修改了好幾遍，逐字修改成最終的通順語句，又逐字將它刪除。

傑瑞花幾分鐘看完了信。

之後，他呆呆地對著螢幕，一動也不動。他的私人電話響了一段時間，他沒接。接下來的幾個小時裡，他一直坐在螢幕前，來回地讀這封信。

凌晨兩點多的時候，安靜的走廊裡響起腳步聲。肖恩直接推開門走了進來。

傑瑞一開始仍然低著頭，直到肖恩靠近，一手撐住桌子，阻擋了傑瑞的視線，他才恍惚地抬起眼。

「你……你怎麼來了？」傑瑞揉了揉眼睛。

肖恩說：「我聽說你今天參與的行動了。」

傑瑞笑了笑，「先跟你說，我的頂頭上司可沒有罵我。他覺得我魯莽了點，但行動是有意義的。我們會繼續追蹤這些事，所以你也別念我。」

「你誤會了，我也覺得你們的行動很有意義。」肖恩說著，看了一下手錶，「已經是凌晨了。來吧，我送你回去。」

「什麼？」

「我可以開車載你回家。」

傑瑞確實疲憊，大腦的反應有點慢，所以半天也沒理肖恩。肖恩伸手過來想扶他，他這才回過神來，連連說不用。

肖恩說：「你不用擔心，我在飛機上睡了幾個小時，現在頭腦很清醒，完全可以駕駛車輛。」

飛機……傑瑞這才想到，是的，肖恩去湖床基地了，從那地方回來當然要坐飛機。但是……

「你怎麼回來了？」傑瑞問，「據我所知，湖床基地剛剛輪換過人員，還沒到下一次輪休的時間。」

肖恩半靠半坐在辦公桌上，居高臨下地看著傑瑞。他的眼神一貫冷靜克制，很難看出情緒波動，或者說，他的情緒一貫穩定……但在這一刻，傑瑞總覺得他的眼神有些複雜，一旦他開口，似乎就要說出什麼極為不妙的消息。

沉默片刻後，肖恩說：「首先，我可以告訴你一件事，這件事曾經是機密，現在可以說了。至少對你這類工作人員，是可以說的。」

「什麼事？」

「我並不在湖床基地。我確實曾經在那，將來也會去那邊，但這一段時日，其實我在另一個地點，位置和名稱暫時保密。」

「也就是說……萊爾德也沒有去湖床基地？」

「是的，他在我那邊。」

傑瑞問：「你剛才說『首先』，那『其次』又是什麼呢？」

「其次，因為發生了一些特殊情況，上述地點內的人員已經全部撤離。所以，我又回來了。」

「那萊爾德要轉移到哪去？」傑瑞問，「是送回之前的地方嗎？」

肖恩搖了搖頭，這讓傑瑞的脊背上竄起一股涼意。

肖恩接著說：「那個地點應該會被列入一級封閉區域。正式命令還沒下來，但我推測……」

「發生什麼事了？」傑瑞打斷他的話，「萊爾德出什麼事了？」

肖恩不急著回答。他拿出隨身攜帶的工作用終端機，在掌上投影出幾份檔案，點點滑滑地挑選著。

「他還活著嗎？」傑瑞站了起來，「還是……是不是你們那邊也出現了『不協之門』？所以萊爾德又進去了？又失蹤了？」

肖恩說：「不。我們撤離之後，依然能遠端監測到他的生命體徵。從監測資料來看，他也仍有活動身體的能力。」

雖然得到了答案，但傑瑞並沒有放下心，「那就是列維有什麼問題了？萊爾德受傷了？沒辦法轉移出來？」

肖恩說：「我們無法確定……也無法觀察。」

這回答讓傑瑞大惑不解，「什麼意思……怎麼會無法觀察？」

這時肖恩打開了想找的文件。他把終端機放在桌面上，投影出來的頁面清晰地浮在終端機上方。他示意傑瑞去看。頁面顯示的是一些醫療監測資料，肖恩把它左右滑動，有心電圖和腦波圖之類的內容。

傑瑞粗略看了一下，「這是萊爾德的嗎？」

「你看圖形，只仔細看圖形就可以。」肖恩說，「你還記得從前受訓的時候嗎？有些東西，那時我們都學得很扎實，現在卻用得很少，比如一些經典的古老電碼之類的。」

聽了他的提醒，傑瑞把終端機拿起來，近距離細細觀察投影頁面。肖恩在旁邊輕嘆了口氣，如果想看得更清楚，一般人的正常做法應該是用手指去縮放頁面。

看著那一列列圖形，傑瑞的眼神從疑惑轉為恐懼，漸漸連呼吸都變得急促起來。他並不懂醫學，看不懂心電圖上的起伏意味著哪種病變，但是，他至少能認出一份「正常的」心電圖應該是什麼樣子。

他眼前的東西……無論它是什麼，它都不該是人類的心電圖和腦波圖。甚至，它不可能是任何客觀監測的產物，它不合理……除非它是藝術作品，否則它作為任何東西，都不可能合理。

它用折線的起伏，寫出了含有具體語義的句子……這是摩斯電碼。

這絕不是誤解，不是牽強附會。圖上折線的形狀猛一看去就已經非常奇怪了，如果仔細總結起伏，就能發現其起伏完全符合摩斯電碼的規律，並且每一段都能解讀出準確的詞語。

比如現在傑瑞盯著的那份心電圖。這是被觀察到的第一段電碼，句子大意是叫設施內的人員在一小時內撤離。同一時段得到的腦波圖上，也呈現著一模一樣的「句子」。

這根本不可能。不可能是人類做得到的事情。

傑瑞滑動著投影頁面，看了所有的監測圖。除了提到撤離的電碼外，還有一些提到了種種建議措施，比如封閉設施，比如不要再派人找他……電碼形成的詞句十分簡潔，和萊爾德日常說話的感覺完全不同。傑瑞一邊看，一邊想起他剛剛看過的東西，那封來自萊爾德的信。

這些東西，都是萊爾德的留言。只是留言，而不是對話。孤身走向某個地方之後，他留下的聲音才傳到其他人的耳朵裡。

看著傑瑞的表情，肖恩知道他已經看懂這些東西了。

肖恩說：「我們還在研究接下來的措施，而不是就這麼徹底撤離。但很多東西已經超出了我的權限，還要看上面的意見。我只有一定範圍內的緊急處理權，不能做最終決策。」

傑瑞已經看完了全部資料，又往回翻了幾次。他問：「還有嗎？其他的呢？」

「其他的什麼東西？」

「萊爾德身上有即時監測設備吧？現在他怎麼樣了？除了這些他還說了什麼？他的即時監測資料呢？你們試過與他溝通嗎？我可以去看他的即時資料嗎？我……」

面對傑瑞急促的提問，肖恩雙手按住他的肩，試圖讓他冷靜一些。

「傑瑞，沒有其他資料了。」肖恩捏了捏他的肩膀，「撤離後，我們一直對他保持著遠端監測，那之後不久，各類監測手段開始逐步失效，現在我們已經收不到任何資料了。我們認為，這是因為他身上的設備受外力影響而脫落。那座設施的地面設有壓力感知和溫度感知系統，系統運行良好，我們仍然能夠檢測到他的活動痕跡。這些痕跡不連續，斷斷續續的，但足夠證明他還活著，而且沒有離開設施。」

這讓傑瑞更加迷惑了。他想了想，問：「那……那你之前說的又是什麼意思？我問你萊爾德怎麼樣了，你說無法觀察……你們的攝影監視系統呢？難道全都壞了？還是你們怕看到列維？我記得你是可以看的……只要你在看的時候把自己隔絕起來就行……你可以看啊！」

「傑瑞，我還沒說完。」肖恩的聲音仍然十分平穩，「問題就是，我們看了。我們看過監視畫面了。撤離之後，我在機場附近的臨時辦公區裡，繼續留意著設施裡的情況。我們冒了一下風險，在臨時辦公區自我隔離了一下，連線了視訊設備，試著觀察設施內情況……但是，我們什麼都沒看到。」

傑瑞微微歪著頭，「什麼……什麼叫沒看到？」

「就是字面意思，我們什麼都沒看到。我們成功連上了每臺監視器，還根據地面壓力資料來選擇相應區域……但我們什麼都看不到。設施內是空的。」

目前為止，針對已封閉基地的措施均屬於臨時應急處置。各個相關部門正在積極配合，對該區域內的情況進行長期研究。

設施封閉後第三天，上級部門牽線成立了專項小組，負責研究萊爾德在電腦裡留下的信。

壓力感應系統仍在持續運作。回應顯示，疑似為萊爾德．凱茨的人形實體在設施內間歇性地移動，其壓力特徵符合人類的重量與體態。同時，另一不明實體的活動範圍發生了變化，較之前涉及了更多區域，但總體於一定範圍內徘徊，尚未表現出試圖離開的跡象。

設施封閉後第五天，肖恩與傑瑞一同前往真正的湖床基地。傑瑞的調職申請已被通過。

設施封閉後第七天，漢娜與另外一名男性獵犬被押送離開醫療機構。同天下午，女性背包客再次來到聖卡德市，進入特拉多家的戶外用品商店，與米莎．特拉多的母親瑟西見面。此時米莎正處於封閉受訓期間，不在家中，也不在聖卡德市內，但瑟西可以把所知的一切轉達給她，且不必使用任何科技通訊手段。

設施封閉後第九天，傑瑞第一次看到設施內的即時監視畫面。他執著地搜尋了一整個下午，並申請連線麥克風。此申請遭到嚴厲拒絕。

設施封閉後第十二天，研究信件的專項小組提出建議，希望將萊爾德的信交予米莎・特拉多閱讀，因為米莎曾在特殊情況下接觸伊蓮娜、接觸學會內部技藝，她或許可以從信件中發現有價值的線索。傑瑞對此提議堅決反對。

設施封閉後第十五天，上級部門作出決定，不接受米莎・特拉多進入專項小組。信件內容仍僅供有關人員在內部使用。

設施封閉後第六十二天，傑瑞因突發急病被緊急送醫，經處置，無生命危險。隨後，上級對其下達強制休假通知書。

設施封閉後第七十四天，傑瑞回到松鼠鎮老家。其母凱茨夫人剛結束一場音樂劇巡演，在家陪伴兒子；其父凱茨先生在次日結束出差歸來，情緒極為低落，已經嚴重影響到工作和生活。

傑瑞與父親交談。起初父親不願多說，在傑瑞的堅持下，他終於透露出心情低落的原因。透過一些意外管道，他得知了萊爾德在二〇一五年「失蹤」的真相。原來萊爾德並非失蹤，而是出國後駐留在了當地。當年，他作為某小眾教會成員前往亞洲，參與該教會的公益傳道活動，途經南亞某地區時，他與一名當地人結識並相愛，如今已經組建家庭，長期定居海外。凱茨先生動用一切可能的資源進行求證，現在基本上可以確認此事為真。他告訴傑瑞，起初他感到欣慰，但逐漸又陷入無法言明的痛苦之中。

傑瑞適當地安慰了父親，並表示自己也可以適當利用職權，嘗試與萊爾德取得聯繫。

當天夜間，傑瑞以提前結束休假為由，連夜乘坐公共交通離開了松鼠鎮，投宿於六十多公里外的汽車旅館。他在旅館房間中通宵未眠，次日白天才陷入昏睡。

傑瑞沉睡期間，肖恩多次撥打其私人電話，均未能接通。肖恩直接定位該手機，掌握了傑瑞的所在位置，於同一天晚上九點趕到汽車旅館。二人見面後，肖恩認為傑瑞面色蒼白，雙眼紅腫，精神狀態極為不穩定，應當立刻前往醫療機構進行檢查。經多次溝通後，第二天傑瑞口頭做出承諾，等返回工作崗位後，他一定會去相關部門申請心理援助。

設施封閉後第六百七十一天，關於「不協之門」現象的知識首次正式進入基礎教育課堂。

設施封閉後第一千零一天，松鼠鎮飄著綿綿細雨。

設施封閉後第一天，清晨六點三十分，列維・卡拉澤把他的二手五門福特停在路邊，觀察著右側斜前方的房子。

現在時間尚早，小鎮安靜得猶如空無一人。在如此氛圍之下，那棟房子就更加顯得詭異。

鎮上的房子大多數是新建的，風格簡潔，色調柔和明快，屋前草坪基本上都整整齊齊，還動不動就擺個狗屋或者充氣泳池，就像生怕別人不知道屋主家庭和睦似的。

相比之下，眼前這棟房子可謂風格迥異。它具有一兩百年前的西班牙式風格，從未翻新過，如今外牆和屋頂都已褪色暗淡，渾身爬滿地錦，屋前還堵了兩棵老樹，樹枝能直接摸到房子二樓的窗戶。

列維打開手機備忘錄，再次確認房子的情況。這是附近知名的鬼屋，已經閒置了好多年，屋主從祖輩手裡繼承了它，但並不居住在這裡。

不久前，幾名在附近工廠上班的年輕人一起租下整棟房子，他們一點也不介意它鬼屋般的外表，更不介意關於它的種種傳聞。以戲劇俗套來說，通常這種大膽行為會以後悔和哭著求饒為結局。

「現在會不會太早了……」列維自言自語著，看了看手錶，「這時間，恐怕住戶還沒起床。」

他轉念一想，這可是鬼屋啊……住戶親自說它是鬼屋的。鬼屋居民能睡得著嗎？昨天房子的租戶連夜撥打電臺靈異節目的熱線，哭著求「專業人士」快去救救他們……昨天他們肯定徹夜難眠，好幾個人擠在客廳裡裹著毯子發抖，就和恐怖電影裡演的一樣。現在去敲門應該沒什麼問題，屋內的人會很開心的。

於是列維下了車，拿上背包。外面還真有點冷，他把夾克裹緊了點，向路邊的鬼屋走去。

房子大門是深棕色，表面油漆已經有些斑駁。這棟房子沒裝電鈴，只能敲門，列維故意用較大的力氣敲擊，敲了三遍，久久無人回應。

他繼續一邊敲門，一邊撥打那些人昨天留下的聯絡電話。電話打不通，他們留的手機關機了。這一點還挺嚇人的，不知是他們在手機沒電的情況下嚇昏過去了，還是真的遇到什麼危險了。

敲門敲了不知多少遍之後，列維簡直想試試乾脆翻窗或者撬鎖。這時，他聽到門內傳來了腳步聲。是皮鞋踩在木地板上的聲音，有人從房子二樓走下來，靠近了大門。

列維調整好表情，在面色和善的基礎上微微皺眉，力求讓自己看起來沉穩嚴肅。木門被打開了。看到屋內的人時，列維繼續擺著準備好的表情，心裡卻暗暗念了一句「什麼玩意」……

為他開門的人一點也不像鬼屋受害者，反而有點像正在鬧的那個鬼。

來者穿著一身黑漆漆的修身長袍，就是類似神父們穿的那種衣服。他沒戴白色領圈，取而代之的是深灰色的復古絲絨領巾。領巾下面伸出一條細細的鍊子，鍊子垂到腰際，末端掛著小小的白水晶靈擺。從面貌來看，這人年紀沒多大，應該還不到三十歲。他的髮型十分復古，淡金色的頭髮全部攏向腦後，梳得十分服貼正式。這種髮型再配上一副帶掛鍊的金框眼鏡，讓他整個人有種說不出的怪異氣質。

看著這個彷彿從黑白歌德電影裡走出來的人，列維準備好的開場白用不上了。這和他想像的不一樣，他本來以為會看到瑟瑟發抖的二十歲女孩……昨天那通電話裡她自己是這麼說的。

屋門內，黑衣的金髮青年雙手抱臂，「我知道我特別奇怪，但你也不用這樣一直盯著我吧？」

原來你知道自己奇怪啊！列維清了清喉嚨，問：「昨天這裡有人撥打了《守祕者熱線》？」

「是呀，是有人打了。請問你是？」

列維遞出一張名片，「我來自與《守祕者熱線》長期合作的研究機構，專門調查超自然現象與各類民俗。」

金髮青年把名片正反面都看了一下，輕笑道：「怎麼，竟然不是地產仲介啊……」

「什麼地產仲介？」

「沒什麼，」金髮青年側過身，示意列維進屋，「租戶覺得這屋子鬧鬼，他們找地產公司說過這件事。」

列維覺得有點怪怪的。其實他以前真的冒充過地產仲介，但願這個浮誇的傢伙只是隨口說說。

進入房屋之後，列維踱著腳步，簡單看了看近處的陳設。屋內安安靜靜，好像只有金髮青年一個人在。

列維琢磨著金髮青年說的話，這才留意到某個用詞，「你剛才說『租戶覺得這屋子鬧鬼』，難道你並不是租戶？」

「對，我不是租戶。」金髮青年摸了摸身上，又去角落打開一只銀色小手提箱，終於摸出一張名片，遞給列維。

名片是黑紙燙金，上面寫著「霍普金斯大師」，身分是靈媒、驅魔師、巫術歷史學家、自由撰稿人、探險家、神祕學研究者。

「靈媒？」列維皺眉看著他。

霍普金斯大師走進客廳，坐在單人沙發上，還示意列維也過來坐下。

「昨天晚上，不只你接到了求助。」金髮的靈媒說，「我是在圈內很有名的靈媒，所以我當然也知道這件事。和你不一樣，我可是分秒必爭地連夜趕到了這裡。」

列維無視了他言語中的冒犯，這個人的模樣和腔調都太像騙子了，讓人提不起勁來和他生氣。

列維問：「租戶去哪了？」

「我讓他們先離開了，他們嘰嘰喳喳的，打擾我調查。」

「那你調查出什麼東西了嗎？」

霍普金斯大師搖了搖頭，「不用調查，這棟房子根本沒有鬧鬼。它年代久，管線老化，而且還有一部分區域因為設計缺陷，偶爾會有老鼠甚至浣熊鑽進中空的牆體裡。我已經聯繫了捕鼠公司，他們中午左右會過來。」

這靈媒的態度也太過坦誠了吧……列維問：「你怎麼瞭解得這麼清楚？」

霍普金斯大師說：「因為我是屋主。」

「等等……什麼？你是屋主？你不是靈媒嗎？」

「我是靈媒，也是屋主啊。」霍普金斯大師說，「這棟房子是我外婆留下的，我到處跑來跑去，不住在這裡。哦，我沒把這件事告訴租戶，他們以為我是普通的靈媒。」

屋主的情況倒是與列維事先瞭解的一致。列維問：「也就是說，你收了他們的房租，還要騙他們的錢。」

「我沒有騙錢，找人檢修管道和清理老鼠難道不花錢嗎？我只是收點中間的手續費。」

如果這不算是騙錢，還有什麼能算是？列維無奈地搖了搖頭。

即使如此，鬼屋的傳聞也不僅是管線和老鼠引起的，這棟房子的過去也有一些不知真假的傳聞。列維問：「如果你是屋主，二十年前的那件事是怎麼回事，你知道嗎？」

霍普金斯大師揚了揚眉毛，「你是說那個女性命案嗎？」

哦，他還真的知道。列維點點頭。

靈媒說：「其實傳聞有點偏了。這棟房子裡根本沒有發生過命案。二十年前，我媽媽本來應該在家休息，後來莫名其妙地失蹤了。沒人知道她去了哪裡，總之她不在家裡。事情一直沒個結果，時間一年一年過去，後來她就被宣布死亡了。」

聽他說完，列維一時有些尷尬，不知道應該故作平淡討論案情，還是先說一聲抱歉。

正在他想開口的時候，靈媒突然搶話打斷他，「我先說清楚，當年我才五歲，我殺不了人，即使殺人也藏不了屍。我家的另一個成員是我外婆，她們母女關係很融洽。我爸媽早就離婚了，我爸在另一座城市，有不在場證明。而且外婆和我爸都被調查過，鎮上鄰居也被調查過，他們都沒有殺人嫌疑。」

「我又沒問這些……」列維感到更尷尬了。

他下意識地用手指搓著那張黑紙金字的名片，看到「霍普金斯大師」的名號時，他忽然想起，之前調查房屋背景時，他好像看過屋主的姓名。

這正好讓他可以換個話題，「『霍普金斯』不是你的真名吧？」

靈媒說：「當然不是。你肯定查過這棟房子的事了，你已經知道我叫什麼了吧？」

當初列維只是匆匆看了一眼影印的合約，也沒記住上面的名字。他拿出手機，在儲存的資料中翻找了一下，終於找到了那個名字。

「萊爾德．凱茨。」

萊爾德滿意地笑了一下。

對列維來說，他眼前的應該是個完完全全的陌生人，可就在此刻，他忽然覺得這個笑容有些眼熟。不僅是笑容，連這個名字也十分眼熟。

列維仔細回憶了一下，最終確認，他是真的見過這個姓名。

「我問你一件事，」於是，列維問道，「你小時候是不是住過院？」

這次換靈媒吃驚了，「是啊，你連這個也知道了？」

「紅櫟療養中心，」列維說，「以前的舊稱是蓋拉湖精神病院。你是十歲的時候過去的，因為一些挺嚴重的兒童精神障礙……」

他說著的時候，留意到對面靈媒的表情變得有些僵硬，面頰微微漲紅。靈媒把目光收回來，看了看地面，猶豫著問：「你知道得這麼清楚？」

列維說：「提醒你一件事。剛才你根本沒有看我的名片，也沒有問我叫什麼名字。現在，你不妨好好看看。」

經他提醒，萊爾德拿出那張名片，盯住它之後，目光便不再移動。

「想起來了嗎？」列維微笑著，忽然覺得眼前這個騙子沒有剛才那麼煩人了，「這麼多年過去，你的樣子變了太多，所以我一時認不出你來。可是你呢，你竟然也沒認出我？我的長相沒有很大的變化吧？」

好一段時間之後，萊爾德才終於望向他，輕笑著搖頭，「不，你的變化可大了。你和從前……完全不一樣。」

設施封閉前兩小時。

「你說什麼？你們要走了？」病房裡，小萊爾德抓著高中生的袖子。

高中生點點頭，「因為我要開學了，假期志工服務就只有這麼長的時間。」

「那你還會回來嗎？平時的週末能來嗎？」問出口之後，小萊爾德又連忙解釋，「呃，我並不是要占用你的週末時間……但是……」

高中生坐回病床邊，揉了揉小萊爾德軟乎乎的金髮。

「週末可能不行，」他說出來的時候，能明顯看到小萊爾德的肩膀垮了下去，「下學期我要去別的學校了，離蓋拉湖有點遠，週末來不了。我只能等到下個假期，看看還有沒有申請志工服務的機會。即使沒有也沒關係，我可以過來探望你啊。」

聽他這麼說，小萊爾德抬起頭，目光一下就亮了起來，「真的？你一定會來嗎？」

「當然，我騙過你嗎？」

「騙過，昨天才剛騙過。你把我好不容易堆的雪人踹爛了，騙我說是醫生要求你這麼幹的。」

高中生摸了摸鼻子，「我不是賠你一套桌遊了嗎！」

「但是……」小萊爾德低下頭，「要那玩意又有什麼用，你走了之後，又沒人會陪我玩……」

「我都說了，會回來看你的！」

小萊爾德問：「萬一將來你回來探病，可是我已經出院了，那該怎麼辦？」

「如果你出院了，我可以透過醫院找到你的聯繫方式。現在不行，我不能問這些，我簽過一個協定，在志工服務期間，我們不能和你們交換聯繫方式什麼的。」

小萊爾德也不懂這些，不知道高中生說得對不對。他思考了片刻，鄭重地點點頭，「好，那我會等你的。」

因為堅信高中生會回來探病，小萊爾德並沒有表現得太依依不捨。高中生曾把 iPod 借給萊爾德聽，他離開的時候，乾脆就把它送給萊爾德了。可惜的是，他離開之後沒人能幫萊爾德儲存新歌，萊爾德得一直循環有限的那幾首歌了。但萊爾德並不介意，他最喜歡其中的《加州旅館》，經常一遍又一遍地聽。

除了播放機，高中生還留下了桌遊和一些小文具。萊爾德也想回贈禮物，但實在沒什麼可送的，就把日記本送給了他。日記本裡有一些萊爾德親自畫的漫畫，畫得要多難看就有多難看。原本萊爾德不好意思拿它當禮物，他覺得大孩子們不喜歡這些，高中生把日記本拿過來，翻了幾頁，說很想看完這個故事，想知道特務和驅魔人後來的命運。

於是小萊爾德興高采烈地又抱出來兩本日記，把整套極為難看的個人漫畫都送給了他。

設施封閉後第一千零一天，松鼠鎮飄著綿綿細雨。

列維坐在駕駛座上，看著對街的萊爾德。萊爾德在一棟房子前敲門，按門鈴，繞到屋後從廚房的窗戶往裡看……最終他垂頭喪氣地過了馬路，回到車前，拉開副駕駛座的門。

「你把我的車椅都弄溼了。」列維抱怨道。

但萊爾德還是坐了進來，「這雨又不大。再說了，誰叫你車上沒有傘？」

「是你要下車回家看看的，憑什麼還怪我沒有傘？」列維伸手到後座，拽到一條毛巾，丟在萊爾德身上，「怎麼樣，你家果然沒人吧？我說什麼來著？」

萊爾德只是擦了擦頭髮和臉，衣服上的水依然是被車椅擦乾的。

「也是，這個時間實在不巧。」他嘟囔著，「我爸應該還在國外，他老婆比他更忙。今天是星期二，傑瑞上的是寄宿學校，當然不在家。」

「既然你知道，為什麼還非要去敲門？」列維問。今天他和萊爾德只是路過松鼠鎮，並不是專程回來的。

萊爾德的聲音有些疲倦，「我是知道……但是……萬一能見到誰呢？哪怕是假的也行。」

列維覺得這話有點古怪，但又覺得不該再糾纏在這個話題上，於是他沒有再問。

他多少知道萊爾德的家庭情況，「家」對萊爾德來說並不是個溫馨的詞語。其實他也差不多。他的母親也在很久以前失蹤了，他從小在福利機構長大。與萊爾德不同的是，他對「家」根本沒有什麼概念，所以當然也不會因為它而心痛。

在列維沉默著思前想後時，萊爾德忽然恢復了活力，打破車內的寂靜，「前面路口直行，看到醫院後右轉，拐出去上公路。」

列維剛發動車子，「我手機上有導航軟體，不用你扮演它。」

萊爾德托了托眼鏡，「現在時間還早，我想帶你去個地方。我們要調查的失蹤案裡，不是有一對母女嗎？」

「是有，怎麼了？」

「那位媽媽的媽媽……嗯，有點繞。成年女性當事人的母親曾經在蓋拉湖精神病院長期住院，這期間，女性當事人經常去探望和照顧她。也許我們去那邊能找到些線索。」

「好吧。」列維遵從了人體導航的指示，在看到醫院後右轉，離開了松鼠鎮。

設施封閉後第一千零三天，列維在聖卡德市郊外找到一間汽車旅館。拿到房間鑰匙之後，他負責出去買晚飯，萊爾德留在房間裡整理線索。

久別重逢之後，他們一直在一起調查各種室內失蹤案。兩人的家人有著相似的失蹤過程，類似案情至今還在不斷發生著，已經形成了都市傳說般的未解之謎。

說是「一起調查」，其實基本上是萊爾德鑽進車裡賴著不走。

列維在速食店排隊的時候還在想，趕走萊爾德是不可能的事了，現在當務之急是，在他開車時，該如何禁止萊爾德指手畫腳。什麼停車不到位，超車方式違規，安全帶保護套太髒……他在陌生的路上開得猶豫一點，萊爾德也要大聲嚷嚷「你又迷路啦」。真是煩得要死。

前面一個人走開了，櫃檯後方的服務生問列維要點什麼食物。列維先點完了自己的，再回憶萊爾德要點的：洋蔥圈和牛肉漢堡，多加酸黃瓜。於是，列維告訴服務生：還要薯條和豬排漢堡，不要酸黃瓜。

返回旅館後，列維走到房間門口，發現窗簾拉得不夠嚴密，他能從門廊看到屋內。萊爾德側坐在桌子前，面對著牆，低著頭，肩膀微微發抖。

列維站在門口，暫時沒有動。因為他發現，萊爾德好像是在哭。

列維是走去買晚餐的，沒開車。萊爾德聽不見汽車的引擎聲，所以他沒發現列維回來了。列維想了想，在門口站太久也不是辦法，他躡手躡腳走下門廊，再折返回來，故意發出較大的腳步聲，然後不使用口袋裡的房門卡，而是用膝蓋敲門。

幾秒後，萊爾德來開門了。他的臉上沒有水痕，但眼球有些發紅。列維假裝沒看見。

萊爾德在放晚餐的紙袋裡挖了好久，失望地看向列維，「你就是故意的，對吧？」

列維說：「對，就是故意的。那家店的牛肉漢堡很差勁，漢堡肉又薄又焦。他家勝在連鎖店多，我經常吃，所以幫你買了相對好一些的食物。」

「好了，隨便吧……」萊爾德拿起自己的食物，背過身去。

「你幹嘛要轉過身去？」

「我不想看你吃東西的樣子。你吃漢堡的方式就像在和肉排舌吻，兩片麵包就像上下嘴唇，太噁心了。」

列維嗤笑了一聲。他心裡明白，萊爾德也知道哭過後的眼睛會發紅，怕被看出來。可惜他已經看出來了。

他沒再說什麼，只是按照從前吃漢堡的方式，捏住包裝紙，門牙咬住肉排，把肉慢慢拉出來再吃掉。

晚上，萊爾德去洗漱的時候，列維查看了桌上的一堆資料。他有點明白萊爾德偷偷哭泣的原因了。

在他們調查的其中一個案子裡，有個小孩和萊爾德的經歷十分相似。那個小孩也和父親、繼母、弟弟共同生活，也因為精神問題而長期住院治療。案例中的失蹤者是小孩的生母，她在失蹤前已經被確認罹患絕症，失蹤後更是被認為凶多吉少，甚至有人懷疑她是自知時日無多，所以消極地遠離了親人。後來那個小孩的情況越來越糟糕，不僅是精神，身體其他方面也出現了嚴重病變。他被完全隔離在醫療機構裡，現在的家庭不再接觸他，外人想探視也一概會遭到拒絕。

今天上午他們就嘗試去探望他了。當然，他們沒能見到他。據說現在任何人都見不到他。

浴室裡的水聲結束了。列維把資料放回原位。

列維經常在睡前吃一片褪黑激素，有時候他問萊爾德要不要，萊爾德從來都不要，他說這東西對他沒有用。今天倒是稀奇，萊爾德主動要了一片，頭髮都沒弄乾，就迅速陷入了沉睡。

列維關掉燈，靠在床頭捏著手機，瀏覽他們這段日子一起調查過、總結過的東西。

他們不是警方，也不是什麼私家偵探。調查這些失蹤懸案到底有什麼用呢？他們失蹤的親人還會回來嗎？列維理性地認為，她們不會回來了，一點機會也沒有了。

但他們還是想查下去。也許他們能找到室內失蹤案的共同點，也許明天就能發現什麼今天尚未察覺的東西……曾經，列維以為世上只有自己一個人這麼閒，喜歡幹沒意義、沒未來的事情，現在他倒是有了志趣相投的旅伴。

藉著手機螢幕的微光，他側頭去看萊爾德。萊爾德背對他，被子蓋得很緊，身體過於僵直，一點也不放鬆。

如果要回顧萊爾德至今的人生，可以說，他只有十歲以前的生活是正常的。列維自己的人生也不太正常，但他從未想過，還有別人也如此奇怪。

列維熄滅手機螢幕，準備睡覺。就在意識剛剛昏沉下去時，他又被一聲啜泣驚醒。

這一瞬間，他好像回到了很多年前。那時他作為高中志工，在醫院裡為小孩子義務服務。他和萊爾德就是在那時第一次相遇。列維還能回憶起來，小時候的萊爾德經常因為醫療行為而昏睡，並且在醒來時無助地哭泣。那時，身為學生的列維比護理師們更擅長安撫這個孩子。

列維打開床頭燈。橘色燈光下，隔壁床上的萊爾德蜷縮了起來，腦袋從枕頭上移開，肩膀抖動著，聲音像是喉嚨被什麼哽住了一樣。列維坐過去，試著把萊爾德的身體扳過來，讓他換成能讓氣管順暢些的姿勢。

與學生時代不同。長大之後，列維就變得不太擅長安慰人了，這麼做會讓他覺得肉麻。如果同為成年人，對方也會尷尬。但現在他顧不得這些，即使萊爾德會被弄醒，他也必須為其調整姿勢，以免出現更嚴重的睡眠呼吸問題。

萊爾德果然醒過來了。他的身體軟綿綿的，一點也不能動彈，有點像睡眠癱瘓症，又似乎比睡眠癱瘓症持續得更久。

「我只是做惡夢了……」萊爾德仍然不能動，臉上卻努力做出輕鬆的表情，看起來十分扭曲。

「我知道，這不是叫醒你了嗎？」列維摩挲著他的手臂，幫他從睡眠癱瘓中恢復，「你真奇怪，一般情況下，應該是我來對你說『只是做惡夢』，而不是你自己說出來。」

萊爾德笑了笑。他的身體逐漸恢復了，列維的掌心貼在他手臂上，能感覺到掌下的肌肉恢復了力氣，不再那麼癱軟了。列維幫他坐起來。被子滑下去之後，一件東西從萊爾德身上滾落下來，掉在床單上。

是半包巧克力餅乾。而且還是相當有年頭的過期餅乾。爛爛的包裝敞開著，裡面的餅乾已經碎成了屑，乾燥得像沙土。

一些殘渣從包裝裡掉出來，撒在床上和萊爾德的衣服上。萊爾德看著它，愣了幾秒，然後飛速把餅乾撥到床下，又頻頻拍打衣服，抖落殘渣。

萊爾德的表情有點像是被嚇到了。列維不明白為什麼會這樣，只是餅乾而已，它在萊爾德的被窩裡，難道不是他自己拿進去的嗎？

列維看了一眼腳下，被掃到地上的半包餅乾不見了，大概是滾到了床下吧。

「你還好嗎？」列維輕輕按著萊爾德的肩。

萊爾德終於停下動作，身上和床單上的餅乾殘渣已經都消失了。他垮下肩膀，低著頭，雙手捂住臉。

「沒什麼，沒事了……」他的聲音悶悶的，而且仍然有點發抖，「只是……剛才的夢真的很可怕……」

列維說：「趁你還沒忘，快跟我講講。你這夢到底能有多可怕？我挺好奇的。」

萊爾德搖頭嘆息，「你他媽……真是個安慰人的天才……」

列維揉了一下萊爾德的頭髮。小時候他經常這麼做，重逢後反而沒有。此時，也不知為何，他自然而然地就伸出了手。小時候的萊爾德通常會盡力躲開，再嘟嘟囔囔地整理頭髮。現在萊爾德反而沒有躲。

列維想，看來那個夢實在是過於恐怖，都把他嚇傻了。

列維沒別的辦法，只能用最俗氣的安慰方式，把仍然縮著雙肩的萊爾德輕輕攬進懷裡。萊爾德有點僵硬，但沒有表示抗拒。

這時列維突然想起來，「我記得你小時候很害怕肢體接觸，多漂亮的護理師都不能抱你。怎麼，現在治好了？」

萊爾德虛弱地笑了笑，「是啊，現在我不怕了……」

他的身體沉重無力，腦袋靠在列維肩膀上，側著頭，雙眼注視著窗外的一片黑暗。

這是聖卡德市郊外的平凡夜晚，午夜零點已過。

這是設施封閉後第一千零四天。

——《請勿洞察05》完

——《請勿洞察》全系列完

SEEK NO EVIL

APPENDIX I

【萊爾德留下的信件】

以下內容，為萊爾德留在電腦裡的信。在符合網站儲存平臺基礎排版方式的前提下，文字均盡可能地保留了原文格式。

寫給傑瑞。

其實不只傑瑞會看到這個吧？大概還有很多人都會看到。

那就寫給你們。

前不久，我彙報過關於伊蓮娜的事情，你們顯然還不太滿意。我不瞭解她的全部人生。你們問我她的父母身分、教育背景什麼的，我確實不知道，在這些方面，我真的沒有撒謊。但我必須承認，我確實隱瞞著一些東西。比如關於一些細節，關於她究竟在「謀畫」什麼之類的。

我不能告訴你們。不是不願意，是我不能。

你們能理解其中差別嗎？

我記得第一崗哨的座標，也看過其他學會成員的記憶，甚至借助我的身體，丹尼爾也完全回到了這個世界上。（「這個世界」其實是個不準確的用語，但為了便於理解，我就姑且這麼說吧。）我報告了這些之後，傑瑞找我彆彆扭扭地談話，反覆打聽我的記憶恢復得如何，暗示我應該把話說得再透徹點。

你們不僅想知道我在「那邊」遇到了什麼，還想知道丹尼爾和那個一八二二年的人所掌握的全部知識，想知道我在第一崗哨內部讀到的每一個訊息，最好半個標點都不差……對吧？很可惜，還是那句話：我不能告訴你們。

不能，不可以，否決，抵制，堅決防禦，嚴守。

但我可以告訴你們這些事有多重要。重要程度。嚴重程度。

我可以告訴你們，站在你們的立場上、你們的思維角度上，你們有可能會失去什麼。當然啦，在伊蓮娜眼裡看來，這些事可不是「失去」。伊蓮娜對我說過一個比喻。現在我複述一下，並且試著讓你們理解。

記住，這只是比喻。不是完全的真相。

想像一下，從過去到現在，此時此刻，我們世界上所有的胎兒都有清晰的意識。我說的這種「意識」絕對不是「我感覺到媽媽在摸肚皮」什麼的，而是另一種東西，另一種思維和視野。

已知，我們有五感，還有未被完全承認的「第六感」，那麼繼續想像：假如胎兒有另外的某些感官體系，和我們成人的「五感」不一樣，我們無法感知到它。他們之間有一種方式，就像科幻故事裡的腦後插管一樣，可以讓他們互相溝通，進行各種互動，進行各自的生活。他們能看見各種東西，不是看到羊水和內臟，而是看到那個「感知體系」裡的各類實體。

他們不是用我們定義的眼睛去看的，而是用另一些東西，比如……我就叫它「假如眼」吧。他們用「假如眼」看到他們所理解的天與地，看到一些設施，看到風景不同的地域等等。他們也會看見彼此，彼此用「假如嘴」交談著，從生到死，過著似乎很完整的生活。十月懷胎之後，某一天，有個「假如人」該出生了。這時，他與整個溝通網的關係就斷了。其他「假如人」看著他，用「假如眼」流下一些可以被我們理解為眼淚的東西。他們哭泣，因為他們認為這個人死了。

這時，事情就回到了我們完全理解的範疇——一個嬰兒出生了。然後這個嬰兒慢慢成長，成年，懷孕或令別人懷孕。當她看著自己的肚皮時，你們說，她知不知道那裡面有個胎兒？她知不知道胎兒形成的科學原理？她會不會期盼這個孩子的出生？通常來說答案都是肯定的。（我知道也有那麼一些例外。）

這個人類，她知道胎兒的存在，也試圖影響胎兒，試圖和胎兒互動，甚至想讓胎兒感知到她，對吧？

那麼與此同時，她肚子裡的胎兒呢？

想想剛才的「假如人」。此時，「假如人」正在過著某種人生。他不知道外面是什麼情況，他只能感知他的世界。他不能理解什麼是「胎教」、「醫院」、「歌曲」、「汽車」……也許在他的視野裡，也有相當於這些東西的實體存在，但他無法理解我們概念中的這些事物。

如果一個「假如人」因為某些原因，不小心窺見了我們的世界呢？你們覺得，他是會很嚮往？還是會極為恐懼？

如果他提前出生了，而且還是以「假如人」的形式（而不是可愛嬰兒的形式）到處活蹦亂跳，走來走去……那他對我們來說是什麼呢？是怪物嗎？我們在他眼裡是什麼？我們在他眼裡會有多恐怖？我們身邊的一切，在他的感知中，會是什麼樣的呢？

我們覺得一座開滿鮮花的山坡很美。他看到的、理解到的，是鮮花和山坡嗎？我們覺得洗個澡會很舒服，這個行為很普通。他看到的、理解到的，是「洗澡」嗎？

我們認為「舒服」的概念，拿去給他體會，他會有何感受？

也許他能接受，也許他會瘋掉。誰知道呢？

也許他完全能辨識一支蓮蓬頭的形態，但很討厭它；也許他的「假如眼」看到的蓮蓬頭根本就是另一個樣子。我們也不知道會是什麼樣子。

對了，一旦連續進行深度思考，我的語言就有可能變得支離破碎。剛才這種現象差一點又出現，我很努力地讓自己找回了寫作狀態。

儘管如此，有些敘述可能仍然略顯混亂，希望我的表達還能夠被你們理解。

那麼我們繼續。現在，結束上面的想像，調轉一下——現在我們就是那些「假如人」，而門的那一邊，我去過的那個地方，則是我們這個世界。等到某一個時刻，我們才會真正

「出生」，現在我們只是在一個地方存在著。

這就是我們自以為的全部世界了。

在亞洲的很多國家，人們相信「往生」這個概念。我不知道你們是否理解這個詞，我也不確定它是不是這麼寫的。總之，它指的是一個人從生到死，然後再進入另一段人生，這時候，關於前一段人生的記憶會全部消失。也許這個概念的確存在，但和人們理解的並不一樣。不是人死了再復活，也不是換個身體再重新回到這個時空，而是，我們會徹底地離開這個階段。

現在我們熟悉的世界是短暫的，無人能永恆存在，就像懷胎總會結束。雖然出生有快有慢，但我們這些「假如人」總歸要經歷而第二次出生，來到真正的世界。在真正的世界裡，萬物只增不減，永恆，無限，無邊界……它可不是天堂，它只是這個世界而已。是真實存在的世界本身。

給你個例子。可能不是很生動，但可以姑且感受一下。你閉上眼，感受一下你看到的是什麼，然後再睜開眼。

剛才你看到的黑暗與光斑，和現在你看到的電腦螢幕，它們都是真實存在的世界，只不過剛才你只能看見其中一層，看不見外面。

按照這個道理，母親走到哪裡，胎兒就跟到哪裡。所以當我站在巴爾的摩郊外的某處時，我也是站在第一崗哨的座標上。

你看，我們這個世界只是一個表層，只是孕育著新生命的子宮。看看現在的窗外，你能看見什麼？你看到的東西，全都是胎兒們的夢。我們的夢。

我不得不再重申一遍，這些都只是比喻，不是事實。

所以千萬不要將它理解成天國或地獄。它不是為了獎勵或懲罰而存在的。即使你迷失在那邊，你也不可能會遇到親人的鬼魂什麼的。即使遇到了，恐怕你也分辨不出來它是什麼東西。

「真正的世界」對任何人都沒有優待，你的榮耀，你的悲慘，你的偉大，你的邪惡，你的愛，你的恨，全都不代表什麼。

全都沒有任何意義。它們根本不屬於真實的世界。

或許你們很想問我（其實是想問伊蓮娜吧），難道只有人類會與那個世界互動嗎？那禽畜又算是什麼？史前動物呢，已滅絕的動物呢，現在活著的其他生命形式呢，甚至……如果有外星生命呢？它們又在哪裡呢？難道它們也屬於「胎兒的夢」嗎？

如果你真的有此類疑問，我只能再一次強調……以上那些是比喻，不是真相。非要我解釋的話……我會說，你怎麼知道你口中的這些東西不是布幕上的畫呢？你怎麼知道你自己不是布幕上的畫呢？

在夢裡，你微笑著，在撫摸一頭紅龍。也許這頭龍後來死掉了，也許牠成了你的寵物，也許成了你的妻子或者丈夫……你覺得這一切都挺好的，你愛牠，你愛這個世界，你想珍惜你的人生。

在夢醒過來之前，你知道世界上沒有龍嗎？

傑瑞，如果你還在看的話……你和我一樣，我們都見過一些難以描述的東西。只不過，你沒有像我一樣「進入」得那麼深。

這該怎麼說呢？拿蓮蓬頭來說吧。假如我們兩個都沒見過它，不能理解它是什麼，那麼，當你看到「蓮蓬頭」的時候，你把它辨認成了你能理解的怪物；而我則看到了真正的蓮蓬頭。

在我們這些「假如人」的思維裡，「怪物」比「蓮蓬頭」更容易被大腦識別。我說起這個，是因為昨天你問了一句話。當時我沒有回應你，因為我覺得用一兩句話說不清楚。

昨天你用那種有點不屑，或許是有點憤怒的語氣說：那個世界到底有什麼意義，一堆死不掉的怪物，灰撲撲的天地，惡夢一樣胡亂排列的地形……有什麼意思？有趣嗎？有什麼作用嗎？為什麼有人會對它感興趣？

你說這些的時候，我能看出來，你更多是為了發洩情緒，而不是真的有這樣的疑問。當時你是不是也覺得自己有點失態？所以你很快就換了個話題。

其實沒事，我還挺想回答你的。也許你已經知道我會怎樣回答了。

答案就是，你們看到一個又一個怪物，但看不到「蓮蓬頭」。而我……即使我辨識出了「蓮蓬頭」，我也無法把其「意義」傳達給你們。

你看那些死掉甚至碎掉、不死不朽的東西……你覺得很慘吧？其實你只能辨識出它們「異於我們」，你並不能明白它們實際上是什麼。你的大腦無法給出答案，只能給出一個你能理解的畫面。

如果真要深究「意義」，那你看看我，現在的我又有什麼意義呢？

我坐在床上，靠著枕頭，我床邊有張輪椅。床、枕頭、輪椅又有什麼意義呢？你們調查我，調查這一切……最終有什麼意義呢？為了什麼？

為了查明危險，為了保護更多人嗎？那保護更多人又是為了什麼？為了讓他們好好賺錢養家，生活得平安一些？

平安一些又是為了什麼呢？賺錢又是為了什麼？為了實現個人價值？為了享受一些事物？大概很多人會這樣回答。

那實現個人價值又是為了什麼？享受那些東西又是為了什麼？因為會快樂？會很舒適？不枉此生？嗯，很多人會這麼回答。

那快樂、舒適和不枉此生，又是為了什麼？

無論是傑瑞，還是其他看著這些文字的人，你們一定覺得我在說廢話。對呀，以上這些，確實都是一些狗屁的廢話。所以你們想想「門」的那一邊，想想那些你們質疑其「有什麼意義，能帶來什麼」的事物。

你還記得艾希莉的笑容嗎？她好快樂。那個時候，她就像黃昏時的雲。她的光明與暗淡，都還能被我們識別出來。我們還姑且能夠看懂她的情緒。等到太陽徹底下了山，她就不再位於光與暗的交界處了。她徹底去了我們不能理解的另一邊。她不再是「假如人」了。她從一個胎兒，變成了出生後的正常人。

你看，還真有點像被保溫箱擁抱過的早產兒。現在外界接受她了，她吃到了營養，受到了照顧。她直接開始發育了。

想想每一個正處於產程中的胎兒（或許這時候應該改稱嬰兒）。他們真的願意從胎兒的夢境中甦醒嗎？他們是因飢餓而哭，還是因恐懼而慘叫？當然啦，最終他們會撐過來的。他們會長大，會學著享受人生。

我們每個人都不會認為被泡在羊水裡是多有趣的事。我們都知道那個過程，但並不覺得它很有趣味。如果你們之中有人問「那個世界有什麼意義」，那麼，伊蓮娜也會覺得「現在這個世界又有什麼意義」。

伊蓮娜，或者來自學會的一部分人士（我無法判斷具體人員比例），他們也在想：這些有什麼意義？為什麼不找一條通向真相的路？為什麼不撕掉布幕，撲向真實……這是必然，也是人類的前進方向。

他們從很多年前就開始著手於此。這裡不應該說「他們」，應該說，人類從很久以前就著手於此。我彙報過卡帕拉法陣和算式陣。在當時的報告中，我應該提過，它們起源於納加爾泥板。想想那是什麼年代吧。

你看……這些事情是有意義的，只是你們不覺得有而已。你媽媽懷著孕，在做孕婦瑜珈，腳下踩著一張粉紅色瑜珈墊。當時身為胎兒的你如果看到這些東西，你也會覺得：有什麼意義？有趣嗎？有什麼作用嗎？為什麼有人會對它感興趣？

我寫的這些話，可能會讓你們感到煩悶，覺得我在隨便胡扯，在繞圈子。抱歉，我最多只能解釋到這個地步。我不能把第一崗哨裡讀到的東西原樣默寫給你們，也不能辦個培訓班，把我和丹尼爾掌握的所有東西都傳授給你們。

傑瑞，你還記得樹林裡的灰色獵人嗎？他在筆記中寫下那句話：洞察即地獄。

你們不認可學會的理念，對吧？即使我把它捧得很高，告訴你們它很有意義，你們也不認同它。其實我也一樣。我知道聰明的做法應該是什麼，但我寧可愚蠢。我知道穿著神父服裝改良的黑色長袍到處亂跑很傻氣，也沒意義，但我就是願意這樣。你能明白嗎？

現在我在想，你從十六歲，長大到現在的歲數，抱歉，我不知道你現在幾歲了，我一時想不起來。

在這麼多年裡，也許你遇見了各種新朋友，也許你失去過其中一些人，也許你愛過……或正在愛著什麼人，也許你因為那個人痛哭著度過夜晚，也許你因為一些事情而怒火中燒，也許你害怕某個慘劇會降臨在自己頭上，也許你特別討厭吃某道菜，也許你投入全身心地喜歡著某個電視節目……可惜我不知道你喜歡和討厭什麼。從小到大都不知道。

你看，此時此刻的你，就身在這些東西之中。

我說的不光是傑瑞。還有我的同事們，還有傳閱了這份檔案，正在閱讀這段文字的你們。

你們都是如此。

如果你們變得像他們一樣，像伊蓮娜一樣，像我媽媽柔伊一樣……你們可能就再也不會在乎那些事物了。

至於我，我仍然認同它們，但我不知道自己還在不在乎它們。反正我已經不再想追求它們了。

等到某一天，等你們真的不愛它們了，那時你們不會感到遺憾。但是至少現在，至少此時，如果我猜得沒錯……你們還是想盡可能去保護這些瑣碎的東西，對吧？即使從宏觀上看，它們沒什麼意義。就像我和我的黑色長袍一樣。沒有意義。

都別說你們了，即使是列維，連他也有一些獨特的小愛好。你們一定明白為什麼我要說起他。你們很清楚他身上的問題。

你們給他吃過漢堡或者三明治之類的東西嗎？如果那個漢堡放在盤子裡，他會先把它打開，好像它其實是個蚌殼似的。他會把裡面的肉排單獨拿出來，在麵包上來回磨蹭幾下，吃掉肉排，然後再吃剩下的麵包蔬菜和醬料。如果他把漢堡拿在手裡，他就會捏緊包裝紙，咬住肉排的一小角，把肉一點點地往外扯，一邊扯一邊啃，最後剩下一個空巢麵包。

挺詭異的，但也挺像個人類的。

在我所有的同事和上司們之間，必定也有人會這麼幹。如果是在食堂裡，你們會加以掩飾。

一旦列維察覺到某些事實（抱歉，我仍然不能說得太清楚，我現在的表達方式已經屬於在懸崖邊緣試探了），那時候，如何吃漢堡裡的肉，就不再是他在乎的事情了。

你們很害怕他吧？你們是怕那個「不在乎這些」的他，還是怕那個叼著漢堡肉的他？答案顯而易見。

那麼你們自己呢？

我幻想過無數次，如果小時候我沒有看見那扇門，我的未來會是什麼樣。會更幸福嗎，會無憂無慮嗎？也許會的。我可以一輩子與那扇門毫無瓜葛嗎？現在的你，會遠離這些事情，做著更普通的工作嗎？也許不會。

我們全都住在大鯨魚的肚子裡。鯨魚肚子裡有你們愛著的一切。鯨魚肚子外面，也有將會被你們愛的一切。如果有一天，這頭鯨魚直接被四分五裂，我們就都必須出去了。

有些人是這麼想的，不管能不能看到通向外面的路，他們都只是想保護這個肚子裡的世界，他們盡全力推遲離開肚子的那一天。

也許外面更好？但是管它的呢，我們不要離開這個地方。這就是你們在做的事情。

很久以前，我在網路上看過一個小故事。可能是恐怖故事，也可能是某個奇幻劇本的片段？我也不確定是什麼。我不記得出處了。

那個故事說，有個學者心懷壯志，想研究出世上一切的真理，於是他用了很多手段，召喚到了某個能給他答案的生物（是個天使還是惡魔來著？或者是他信仰的神？）。

這個生物很配合，願意把真理告訴學者。祂在學者的耳邊說了一句話。學者自殺了。

祂又把那句話告訴學者的助手，助手也步上學者的後塵。祂把那句話告訴遇到的每個人，每個人都乾脆俐落地放棄了這個世界。

可能我的記憶不準確，反正大致是這麼一個故事吧。這故事有很多版本，還衍生出了一些搞笑的解釋方式。

有的人說，那句話不難猜啊，肯定是說死後世界是個美好的世界，可以上天堂什麼的，人們為了天堂，就被矇騙得失去了生命。會是這麼簡單嗎？我看不會。

想想自己吧。不要故意去虛構和設定那名學者的性格和身分，就想想你自己，和你認識的所有人。包括與你親近的人，陌生的人，你愛的人，你厭惡的人。別人為你們描述一個更好的世界，你們就會受騙嗎？

哪怕你真的想離開這個世界，你肯定也知道，還有很多人不會這麼想。人們的想法是不一樣的。

那麼，究竟是怎樣的「一句話」，才能讓每個聽到它的人都放棄這個世界？

那句話是什麼內容？這樣的事有可能發生嗎？要讓我說的話，不可能，僅憑短短的一句話不可能。太短的句子是不可能的，它包含不了足以說服每個人的訊息量。

但是，如果你讀完第一崗哨內沉積的大多數東西，這樣的事情就有可能發生了。那可是相當長的「一句話」。

如果我知道「那句話」的內容，你們想聽嗎？

無論你們想不想聽，我都不想說出來，也不該說出來。

就這樣吧。以後可能沒有機會聊天了，所以我不知不覺囉嗦了這麼多。

傑瑞，以及所有看到這封信的人，

我也不知道還能說什麼。總之，祝你們愛這個世界。

——附錄一〈萊爾德留下的信件〉完

SEEK NO EVIL

APPENDIX II

【觀測事件年表】

只記錄確認與盲點有關的事件，以及雖不涉及
盲點，但與重要事件高度相關的人員生卒時間

seek no evil
請勿洞察

西元前二八〇〇〇年

今北大西洋靠近直布羅陀海峽一側

人類首次記錄到破除盲點現象（「破除盲點」即為民間俗語中的「目擊不協之門」，以下同此）。

西元前一五八三七年

今北大西洋靠近直布羅陀海峽一側

破除盲點算式陣雛形出現。

西元前一二〇〇〇年

今北大西洋靠近直布羅陀海峽一側

一隊外交人員乘專機前往[redacted]首都[redacted]，攜帶物品中含有刻畫算式陣雛形的雕板。專機在降落前失聯。

西元前一〇〇〇〇年

今北大西洋

[redacted]國一千兩百萬人下落不明。

西元前一八五〇年

今地中海東岸

迦南人考古發現來自[redacted]的破除盲點算式陣雕板，加以研究改良後形成納加爾泥板。

西元前六三三年

今伊拉克北部

亞述人獨立研製感知喚醒工具泥板成功。

西元前二二三年

今中國湖南

一當地村落集體行蹤不明。後經調查，村落原址各個居民家中有事先整理過的痕跡，疑為居民掌握技藝後故意破除盲點。

三九〇年

今中國湖南

一男子經歷感知喚醒，經歷了破除盲點後重新回歸低層視野。此為亞洲範圍內首次回歸低層視野的書面記錄。

六二九年

今瓜地馬拉

城邦[redacted]建設軍事前哨典儀金字塔。學會的泛神秘學時期雛形組織建立。

一六三〇年

英國

隨船前來美洲的英國移民中發生以家庭為單位的失蹤事件，疑為進入高層視野。

今美國馬里蘭州

同年年末，兩名失蹤者重新現身，隨航船返回英國，接觸學會的泛神秘學時期雛形組織，接受訪問並加入組織。

此二人首次在彙報中提到「第一崗哨」的存在，但由於其身體與精神狀況不佳，能提供的細節極少。

一七一一年

西班牙，庇里牛斯山

四千名雇傭軍失蹤，現場遺留有未受損的武器與物資，未見戰鬥痕跡。疑因少數人出現感知喚醒現象，帶動群體感知脫敏，又因在野外環境中難以分散感知焦點，遂全體破除盲點進入高層視野。

一八一五年

英國

學會的泛神秘學時期雛形組織舉行多次座談，研究並試用納加爾泥板算式陣，未能成功。

同年，印尼坦博拉火山爆發後，一部分獵犬前往當地研究。

法國

首次清楚確認了環境資訊對算式陣效果的影響程度。

註：在此時期，導師與獵犬的職責分界線尚不明確，一部分獵犬也兼具研究職能。

一八二二年

義大利，拉斯佩齊亞海灣

「唐璜號」出航後遇難，泛神秘學時期的首批拓荒者完成小型算式陣，成功破除盲點進入高層視野。

一八二三年

美國

集中發展利用小型算式陣主動破除盲點的實驗，算式陣運行成功，破除盲點成功，但由於感知喚醒不夠徹底、環境資訊測量不當、易受外界干擾等原因，破除盲點的狀態僅能持續三分之一秒左右，人員未能進入高層視野。

一八四九年

美國，維吉尼亞州、馬里蘭州

埃德加・愛倫・坡短暫地出現高度感知喚醒，在非自主狀態下破除盲點，抵達第一崗哨，證實了第一崗哨的存在，並利用第一崗哨的自有機制返回低層視野，之後接受了當地學會導師的觀察和訪問。

同年，埃德加・愛倫・坡死亡。

一八七五年

美國，紐約市

學會正式成立，改變原有人員分工結構，首次將導師、獵犬、信使的職責徹底區分清晰。

一八九〇年

法國

一名信使為執行任務，登上從第戎開往巴黎的列車。此信使已長期處於感知脫敏狀態。乘車期間，信使與一同座乘客多次交談，因言行不慎，導致該乘客出現感知喚醒。該乘客與信使一同經歷了被動破除盲點，乘客主動進入高層視野。信使需遵守學會規章，故並未跟隨或加以勸阻。

學會內部討論信使行為是否違規。信使本人自述言語並無不妥，證據為：出現感知喚醒的只有一人，附近其他乘客也曾加入交談，但並未受到任何影響。後經確認，該名失蹤乘客為路易斯．普林斯。考慮到此人的經歷與專長，可推斷出其觀察力超過常人，感知過於敏銳。

由此學會得出結論，該信使之行為略有不妥，但並無嚴重違規之處。

一九一五年

土耳其，蘇弗拉灣附近

英國[redacted]步兵團於土耳其失蹤。失蹤人數存有爭議，一說為將近千人，一說為步兵團第[redacted]營約[redacted]人。事發四年後，一部分屍體出現在附近山谷中，其餘人員依舊下落不明。

疑因氣候與地形原因遮蔽正常感知，在感知並未脫敏的情況下，被動破除盲點，誤入高層視野。

一九五三年

高加索地區，今喬治亞境內

伊蓮娜·卡拉澤出生。

一九五五年

美國

泛美航空一班機失聯。失聯前曾回應過空域內其他班機的呼叫，錄音顯示機長、副機長先後出現感知喚醒現象，航班疑似進入高層視野。

由於缺乏客艙錄音，無法判斷乘客是否出現感知喚醒現象。

一九七五年

美國，紐約州

一對夫婦通過隧道從紐澤西前往紐約，因車窗外部受到不明液體汙損，二人停車並下車，對車窗進行擦拭。擦拭過程中周圍無其他車輛，亦無其他行人靠近。

妻子位於後擋風玻璃附近，在旁邊牆壁上發現不明塗鴉，並將此情況告訴丈夫。當時丈夫正在擦拭前窗，只透過言語應答，並未抬頭進行觀察。

妻子觀察塗鴉後重新回到汽車旁邊，在繼續擦拭車窗的過程中失蹤。

學會派出導師去隧道內查看塗鴉，發現塗鴉為一幅不完善的破除盲點算式陣。導師嘗試使用此算式陣，未能成功。

導師遂複製該內容，帶回內部進行研究。研究結果顯示，此算式陣為一八二二年算式陣的輕微變體，且資料有矛盾之處，正常情況下理應無法啟動。

學會長期調查此算式陣，試圖尋找其書寫者，但至今尚無結果。

當事人夫婦均為普通居民，二人與其親友均無盲點相關知識。

一九七五年

今俄羅斯，莫斯科

一地鐵列車在運行狀態下，於兩站之間失蹤。

由於列車車廂完全失蹤，影響調度，造成地鐵線路全線停駛。停駛期間，工作人員發現一處分岔軌道出現偏移，遂進行調查檢修，檢修過程中，於一段處於關閉、隔絕狀態的廢棄軌道找到了列車車廂，車廂內無任何人員。

工作人員在車廂內找到了零散的乘客遺留物品，和大量不明塗畫符號。後經相關人員證實，符號為納加爾泥板算式陣的變體。

學會曾實驗使用過此變體算式陣，當時並未獲得成功。

後經調查，失蹤人員中含有一名學會的年老導師。此次行為並未經過學會內部允許。該列車失蹤時處於行駛狀態，當時兩站間行駛時間約為十四分鐘。學會內的其他導師認為時間過短，一人無法完成如此大量的算式陣，故懷疑此名導師身邊還有其他同伴，這些同伴也掌握相關技藝，卻不屬於學會內部人員。

學會調查了此名導師所指導的見習人員，此見習人員為伊蓮娜・卡拉澤。

後經證實，伊蓮娜・卡拉澤對上述情況並不知情。

一九八〇年

美國，馬里蘭州

丹尼爾與伊蓮娜結束培訓，作為正式導師，開始研究還原一八二二年算式陣。

一九八二年

美國，馬里蘭州

伊蓮娜成功還原並改造算式陣，實現了主動、快速、可控制地破除盲點。

伊蓮娜主動進入高層視野。

一九八五年

美國，馬里蘭州

列維．卡拉澤出現。

伊蓮娜短暫出現在低層視野，後又回歸高層視野。

辛朋鎮發生群體性大規模感知喚醒，被動進入高層視野。

丹尼爾使用逆向算式陣。

「辛朋鎮事件」被官方記載為有害氣體洩漏導致的災難。

一九九〇年

美國，維吉尼亞州

萊爾德．凱茨出生。

學會統一更換獵犬銘牌樣式。

委內瑞拉

於一九五五年失聯的泛美航空班機回到低層視野，於委內瑞拉一機場降落。

當地機場與航班迅速被美國[redacted]等部門接管控制，學會未能介入，事件的後續調查受阻。

一九九五年

美國，維吉尼亞州

萊爾德出現頻繁感知喚醒現象，其母柔伊為被動脫敏。

萊爾德與柔伊在家中進入高層視野。

萊爾德返回低層視野。

一九九七年

美國，維吉尼亞州

肖恩．坦普爾出生。

一九九九年

美國，維吉尼亞州

傑瑞・凱茨出生。

二〇〇三年

列維・卡拉澤結束訓練期，正式成為獵犬。

二〇〇八年

美國，馬里蘭州

米莎・特拉多出生。

二〇〇九年

日本，東京

迪士尼度假區出現群體感知喚醒事件，一名青少年與一名兒童觀察到盲點後失蹤，疑為進入高層視野。

美國，馬里蘭州

安琪拉・努尼奧在家中進入高層視野，短時間即返回。

二〇一三—二〇一四年

加拿大，安大略省

一普通居民長期處於感知喚醒狀態，逐步脫敏，並詳細記錄全部過程，後於家中失蹤。疑為其主動進入高層視野。

二〇一五年

美國，維吉尼亞州

兩名青少年於朋友家房屋中失蹤，疑為進入高層視野。傑瑞與肖恩為全程目擊者。傑瑞與肖恩逐漸感知脫敏，進入高層視野。米莎與其母親瑟西同時遭受強制感知喚醒，進入高層視野。列維與萊爾德主動進入高層視野。

二〇一七年

美國，馬里蘭州

傑瑞與肖恩回到低層視野。

二〇一九年

美國，馬里蘭州

瑟西與米莎回到低層視野。

尚恩進入空軍訓練學校。

二〇二三年

美國，華盛頓特區

傑瑞．凱茨進入[redacted]的[redacted]部門成為實習工作人員。

二〇二四年

美國，華盛頓特區、馬里蘭州、內華達州

萊爾德回到低層視野。

暫名為「列維」的不明實體再次出現在低層視野。

暫名為「列維」的不明實體被[redacted]部門送往內華達州沙漠湖床基地。

尚恩前往內華達州沙漠湖床基地。

二〇二九年

美國，維吉尼亞州、內華達州

傑瑞成為[redacted]的[redacted]部門正式勤務人員。

尚恩暫時調離內華達州沙漠湖床基地。

[redacted]的數名特務破壞了預置算式陣並逮捕了三名獵犬。學會的新一輪探索行動被迫中止。

內華達州沙漠湖床基地所有設施進入長期封閉狀態，並在附近設立隔離緩衝區。

二〇三一年

美國及加拿大

在初等教育中開設關於盲點與感知喚醒的減災培訓課程。

二〇四〇年

關於盲點與感知喚醒的知識進入多數國家的基礎教育課堂。

——附錄二〈觀測事件年表〉完

設施封閉後第三千六百八十五天。

列維從小巷深處走出來，看到萊爾德背對他蹲在路邊，正在逗弄一隻黑灰花紋的小貓。小貓看起來怪怪的。牠脾氣挺好，隨便萊爾德亂摸，但態度好像又不太熱情，不像別的貓那樣蹭人或翻肚皮，牠只是呆呆地站著，不出聲，也不動。

列維靠近了一些，萊爾德回過頭，貓跑掉了。原本列維還以為這貓是有什麼病呢，看來並不至於。

「你還挺喜歡小動物的啊。」列維說。

在他說話的同時，萊爾德也問了句「剛才聊得如何」。兩人冒出來的話撞在一起，不知道誰該先回答。

萊爾德做了個「請」的手勢。於是列維先說：「你問聊得如何？別提了，那人一問三不知。使用帳號的是她，但目擊者是她弟弟，她根本不瞭解情況。」

聽了之後，萊爾德只是隨便點點頭，似乎並不是真的關心這件事。

列維走向停在路邊的車。解鎖的時候，他發現萊爾德還站在原地，就回頭叫萊爾德快一點。萊爾德慢慢跟上來，坐進車裡。列維打開後車箱，正在收拾東西，萊爾德從後視鏡看過去，從這個角度看不見列維，只能看見淺藍色的後車箱蓋。這是一輛淺藍色的舊款雪佛蘭，而不是五門福特。

列維坐進駕駛座，沒有馬上發動車子。他看向萊爾德，萊爾德立刻移開了目光。

「你怎麼了？」列維問。

「我怎麼了？」萊爾德推了推眼鏡。

列維說：「你不對勁。我猜猜……調查沒有進展，灰心了？這可不像你啊。」

萊爾德笑了，「不像我？那我應該是什麼樣……」這句話的聲音弱下去，沒有說完。萊爾德深呼吸了一下，改口道：「你說得對，我是有點失望，也有點累了。我們日復一日地調查，每次都撲空，永遠不會查到有價值的東西……你呢，你不會厭倦嗎？」

「不會。」

「將來也不會？」

「永遠不會，」列維很篤定地說，「因為這是我該做的事情，我也只想做這些事。」

萊爾德仍然在微笑，笑容比剛才多了些溫度。

「那就好，」他點著頭說，「挺好的，我也應該調整一下心態。我們走吧。」

他只說要走，但並沒問去哪。列維忽然覺得萊爾德這個小騙子變了，合作了這麼多年，他沒以前那麼煩人了。以前萊爾德特別愛扮演導航軟體，亂指路，一下要枕頭一下要口香糖，事情特別多，明明自己不開車卻總是對司機指手畫腳……現在好多了，這些毛病都變少了。

車子開一段路後，列維說：「今天先回旅館休息吧，明天再繼續找那個目擊者。看你有點累了，臉色不太好。這些日子我們一直在奔波，總是沒有好好休息，今天你多睡點。」

萊爾德嘟囔著：「你負責開車都不累，我也不會累的。」

他們離開線人的住處時，剛過晌午；車子開上公路時，已是黃昏，橘色懸日掛在道路盡頭。

列維側頭看去，發現萊爾德睡著了，而且沒扣安全帶。列維沒出聲，他先把車子穩穩停下，幫萊爾德扣上了安全帶。從前萊爾德一向有好習慣，一上車就知道要扣安全帶。最近也不知是怎麼了，變得一點也不在意這些事了。

列維伸手碰了碰萊爾德的額頭，體溫正常，沒發燒。這碰觸讓萊爾德醒了過來，他瞄了一眼列維的手掌，又快速閉上了眼，似乎還是很睏。

「繼續睡吧，沒事。」列維輕聲說。

病房裡，十一歲的少年從惡夢中驚醒。

病床旁，實習生坐在旁邊的沙發裡，就著一盞橘色小燈在看書。

「繼續睡吧，沒事。」實習生走過來，輕輕撫摸少年的額頭。

高寶書版集團
gobooks.com.tw

BL073
請勿洞察05(完)

作　　者　matthia
繪　　者　mine
編　　輯　林雨欣
校　　對　薛怡冠
美術編輯　林鈞儀
排　　版　彭立瑋
企　　劃　李欣霓

發 行 人　朱凱蕾
出　　版　三日月書版股份有限公司/Printed in Taiwan
地　　址　臺北市內湖區洲子街88號3樓
網　　址　www.gobooks.com.tw
電　　話　(02) 27992788
電　　郵　readers@gobooks.com.tw（讀者服務部）
傳　　真　出版部　(02) 27990909　行銷部 (02) 27993088
郵政劃撥　50404557
戶　　名　三日月書版股份有限公司
發　　行　英屬維京群島商高寶國際有限公司臺灣分公司
　　　　　Global Group Holdings, Ltd.
初版日期　2022年11月

本著作物由北京長佩網絡科技有限公司授權出版

國家圖書館出版品預行編目(CIP)資料

請勿洞察/ matthia著.-- 初版. -- 臺北市：三日月書版股份有限公司出版：英屬維京群島高寶國際有限公司臺灣分公司發行, 2022.11-
冊； 公分. --

ISBN 978-626-7152-30-0(第5冊：平裝). --
ISBN 978-626-7152-35-5(第5冊：平裝限定版)

857.7　　111014003

三日月書版

三日月書版

GOBOOKS
& SITAK
GROUP©

GOBOOKS
& SITAK
GROUP©